सरल उपाय
बदलें अपनी

किस्मत

स्वमत, लोकमत या ईशमत

कैसे करें उच्चतम भाग्य का चुनाव

बेस्टसेलर पुस्तक 'विचार नियम' के रचनाकार

सरश्री

सरल उपाय, बदलें अपनी किस्मत
स्वमत, लोकमत या ईशमत
by **Sirshree** Tejparkhi

© Tejgyan Global Foundation
All Rights Reserved 2017.
Tejgyan Global Foundation is a charitable organization
with its headquarters in Pune, India.

पहली आवृत्ति : जुलाई २०१७

रीप्रिंट : जून २०१८

प्रकाशक : वॉव पब्लिशिंग्स प्रा. लि.

सर्वाधिकार सुरक्षित

वॉव पब्लिशिंग्ज् प्रा. लि. द्वारा प्रकाशित यह पुस्तक इस शर्त पर विक्रय की जा रही है कि प्रकाशक की लिखित पूर्वानुमति के बिना इसे व्यावसायिक अथवा अन्य किसी भी रूप में उपयोग नहीं किया जा सकता। इसे पुनः प्रकाशित कर बेचा या किराए पर नहीं दिया जा सकता तथा जिल्दबंद या खुले किसी भी अन्य रूप में पाठकों के मध्य इसका परिचालन नहीं किया जा सकता। ये सभी शर्तें पुस्तक के खरीददार पर भी लागू होंगी। इस संदर्भ में सभी प्रकाशनाधिकार सुरक्षित हैं। इस पुस्तक का आंशिक रूप में पुनः प्रकाशन या पुनः प्रकाशनार्थ अपने रिकॉर्ड में सुरक्षित रखने, इसे पुनः प्रस्तुत करने की प्रति अपनाने, इसका अनूदित रूप तैयार करने अथवा इलेक्ट्रॉनिक, मैकेनिकल, फोटोकॉपी और रिकॉर्डिंग आदि किसी भी पद्धति से इसका उपयोग करने हेतु समस्त प्रकाशनाधिकार रखनेवाले अधिकारी तथा पुस्तक के प्रकाशक की पूर्वानुमति लेना अनिवार्य है।

SARAL UPAY, BADLEN APNI KISMAT
SWAMAT, LOKMAT YA ISHMAT
BY **SIRSHREE** TEJPARKHI

विषय सूची

प्रारंभ	दुर्भाग्य से दूरी...............................	5
	किस्मत बदलने का विचार	

खण्ड १	भाग्य और दुर्भाग्य की परिभाषा	7
	मुक्ति पथ	

१	किस्मत का द्वार............................	9
	भाग्य की ओर	
२	भाग्य की परिभाषा	13
	स्वयं की असली पहचान पाएँ	
३	गलत धारणाओं से मुक्ति	17
	आनंदित जीवन से युक्ति	
४	दुर्भाग्य से मुक्ति...........................	21
	राशिफल की सही समझ	

खण्ड २	समस्या से समाधान की ओर................	27
	प्रार्थना पथ	

५	सत्य प्रेमी है भाग्यशाली........................	29
	प्रार्थना है विकास की सीढ़ी	
६	प्रार्थना का बल............................	35
	रूपांतरण का नियम	

७	**संपूर्ण प्रार्थना के चार मुख्य कदम**................	41
	हेल्प गॉड टू हेल्प यू	
८	**प्रार्थना का रहस्य**................................	47
	जादूगर के करतब	
९	**तीन गुणों का संगम**	55
	प्रेम-विश्वास-भावना	
१०	**किस्मत बदलने के लिए प्रार्थना**.................	61
	किसान की तरह बीज बोएँ	
११	**नकारात्मक विचार, बनें सकारात्मक**.............	67
	बढ़ें उच्चतम की ओर	
१२	**भाग्यशाली बनकर प्रार्थना करें**...................	73
	धन्यवाद	

परिशिष्ट.. 77

प्रारंभ

दुर्भाग्य से दूरी

किस्मत बदलने का विचार

'आज फिर इस नौकरी के मौके से मैं चूक गया...' अशोक सोच रहा था। विचारों के समुंदर में मची खलबली से सारे चूके हुए मौके उसकी आँखों के सामने से किसी फिल्म की भाँति गुजर रहे थे। कितनी बार उसने जीवन में उभरने की कोशिश की थी और कितनी बार वह असफल हुआ था। अच्छी पढ़ाई और अव्वल गुण होने के बावजूद आज उसे फिर से नौकरी ने चकमा दे दिया था। दुःख में डूबा अशोक अंत में स्वयं की किस्मत को कोसने लगा, 'यह मेरा कितना बड़ा दुर्भाग्य है कि मुझे अब तक एक अच्छी नौकरी नहीं मिली! शायद मेरे नसीब में दर-दर की ठोकर खाना ही लिखा है... मेरा जीवन दुर्भाग्य से भरा हुआ है...।' अशोक का शोक समाप्त होने का नाम ही नहीं ले रहा था।

क्या आप भी स्वयं को अशोक की स्थिति में देखते हैं? क्या आप भी हर चूके हुए मौके पर अपनी किस्मत को कोसते हैं? क्या आपको भी लगता है कि जीवन में जो चाहा, वह न होना यानी दुर्भाग्य? अगर इनमें से एक भी आपका सवाल है तो यह पुस्तक आपके लिए उपहार है। अगर आप स्वयं को भाग्यशाली मानते हैं तो यह पुस्तक आपको चेतना के उच्चतम स्तर तक जाने के लिए मदद करेगी। ज़रूरत है केवल स्वयं को दुर्भाग्य के विचारों से मुक्त करने की।

जी हाँ! आपने सही सुना। जीवन में हर घटना, वस्तु तथा वातावरण का निर्माण सबसे पहले इंसानी विचारों में होता है और उसके बाद वह हकीकत में प्रकट होता है। इस सिद्धांत को आज विश्वभर में माना जाता है। आप भी अपने विचारों पर कार्य कर, प्रार्थना की शक्ति द्वारा दुर्भाग्य की भावना तथा नकारात्मक विचारों से निज़ाद पा सकते हैं।

कठिन लगनेवाले सवालों के जवाब कई बार बहुत आसान होते हैं। बहुत बड़े बदलाव से एक छोटा मगर निरंतर बदलाव ज़्यादा शक्तिशाली साबित हो सकता है। जीवन में दशा बदलने का विचार, केवल छोटी सकारात्मक दिशा बदलने से, शुभेच्छा में रूपांतरित हो सकता है। दुर्भाग्य के विचारों में उलझे हुए आपके मन को भी एक हल्का सा मगर सकारात्मक और शक्तिशाली मोड़ दिया जा सकता है, बशर्ते आपने दुर्भाग्य से दूर होने की आशा की हो ताकि किस्मत से आपकी दोस्ती हो जाए।

कई बार इंसान यह सत्य नहीं जानता कि उसके अंदर चलनेवाला हर विचार (आशा) प्रार्थना ही है। कुदरत इंसान के हर विचार को हकीकत में बदलती है। केवल कुदरत के कार्य करने का तरीका इंसान समझ नहीं पाता। यह पुस्तक सुंदर अवसर है प्रार्थना की शक्ति द्वारा कुदरत के नियमों के अनुसार जीवन बदलने का। अपनी किस्मत बदलने का विचार आना ही आपके लिए पहली प्रार्थना (सरल उपाय) है, जो इस पुस्तक को जीवन में उतारकर पूरी होनेवाली है।

हर इंसान भाग्यशाली है क्योंकि उसे जीने का मौका मिला है। कुदरत में सब कुछ भरपूर है, सब पूर्ण है और सभी के लिए उपलब्ध भी है। अब यह आपके विचारों पर निर्भर है कि आप दुर्भाग्य का चुनाव करते हैं या भाग्य का। जी हाँ! आप भाग्य का भी चुनाव कर सकते हैं। यह चुनाव कैसे करना है और उसे क्रिया में लाने का मार्ग कौन सा है, यह रहस्य इस पुस्तक के द्वारा खुलने जा रहा है।

आइए, सब मिलकर लोग क्या कहेंगे (लोकमत) की चिंता छोड़कर, अपने भाग्य को अभिव्यक्त करें और दुर्भाग्य से मुक्त होकर भाग्यशाली बनें। एक जाग्रत शहंशाह की तरह जीवन का भरपूर आनंद लें... यही ईश्वर की इच्छा (ईशमत) आपका इंतज़ार कर रही है।

... सरश्री

खण्ड १
भाग्य और दुर्भाग्य की परिभाषा
मुक्ति पथ

अध्याय 1

किस्मत का द्वार

भाग्य की ओर

हम दुर्भाग्य और सुख दोनों को ही बढ़ा-चढ़ाकर देखते हैं। हम कभी उतने दुर्भाग्यशाली या सुखी नहीं होते, जितना हम कहते हैं कि हम हैं।

-बालजाक

इस क्षण आपको १००० करोड़ रुपए मिल जाए तो क्या आप स्वयं को किस्मतवाला समझेंगे?

इस क्षण आपको भारत के पंतप्रधान की कुर्सी मिल जाए तो क्या आप स्वयं को किस्मतवाला समझेंगे?

इस क्षण आप दुनिया के सबसे ताकतवर इंसान बन गए तो क्या आप स्वयं को किस्मतवाला समझेंगे?

इस क्षण आप विश्व के सबसे प्रसिद्ध व्यक्ति बन गए तो क्या आप स्वयं को किस्मतवाला समझेंगे?

इस क्षण आप विश्व के सबसे सुंदर इंसान घोषित कर दिए गए तो क्या आप स्वयं को किस्मतवाला समझेंगे?

आइए, अब इस कड़ी का सबसे महत्वपूर्ण सवाल समझते हैं। वह सवाल है :

इस क्षण धन, कुर्सी, ताकत, प्रसिद्धि या शारीरिक सुंदरता इनमें से कुछ न होने की वजह से क्या आप स्वयं को दुर्भाग्यशाली समझते हैं?

यहाँ पर दिए गए सभी सवालों में से आखिरी सवाल आपके लिए सबसे

मुख्य है। इस सवाल का जवाब स्वयं को ईमानदारी से दें। अपनी किस्मत बदलने की यात्रा में पहला मुख्य कदम स्वयं के साथ ईमानदार होने का है। स्वयं को ईमानदारी से बताएँ कि आपके लिए दुर्भाग्य की परिभाषा क्या है? जिस इंसान के पास धन, पद, प्रतिष्ठा, प्रसिद्धि, ताकत या शारीरिक सुंदरता होती है, वह भाग्यशाली और जिसके पास ये सब न हो तो वह दुर्भाग्यशाली, क्या यह 'भाग्य' और 'दुर्भाग्य' की सही परिभाषा है?

इंसानी मन की आदत होती है कि वह नकारात्मक बातों को ज़्यादा बढ़ा-चढ़ाकर और बार-बार कहता है। आदत से मजबूर मन भाग्य, किस्मत इन शब्दों से ज़्यादा दुर्भाग्य शब्द का इस्तेमाल करता है। विकास पथ पर उत्साह के साथ चलनेवाले बहुत सारे लोग किस्मत की गलत परिभाषा की वजह से जीवन में आगे बढ़ना बंद कर देते हैं। उन्हें बताया जाता है कि वे जो लक्ष्य पाना चाहते हैं, वह लक्ष्य उनकी किस्मत में नहीं है। इस जवाब के साथ उनकी खोज बंद हो जाती है। कड़ी मेहनत के बावजूद जब किसी को अपेक्षित फल नहीं मिलता तब उसे दुर्भाग्य का नाम देकर, जीने का उत्साह और सवालों के सही जवाब खोजने की शक्ति कम कर दी जाती है।

जीवन में मन मुताबिक कार्य होना और न होना, यह भाग्यशाली होने की सही परिभाषा नहीं है क्योंकि भाग्य और दुर्भाग्य दोनों सबसे पहले इंसान के मन में बसते हैं।

इसी आशय को दूसरे शब्दों में स्वमत, लोकमत और ईशमत द्वारा प्राप्त सफलता के सहारे समझा जा सकता है।

स्वमत

आप अपने मन में जो ठान लेते हैं और जब उसे अपने सोचे हुए तरीके से पूर्ण करते हैं तब वह है पहली तरह की सफलता। इस सफलता में केवल स्वमत को महत्त्व दिया जाता है।

लोकमत

लोग जिन बातों को सफलता मानते हैं, यदि आपने वह सब अपने जीवन में वैसे ही प्राप्त किया तो यह दूसरी तरह की 'लोकमत सफलता' है।

इंसान के अंदर लोकमत के अनुसार सफलता की मान्यताएँ हैं– 'बड़ा घर, शानदार ऑफिस, उच्च पद की नौकरी, अमीर दोस्त होना यानी सफलता वरना इनके बिना जीवन असफल है।'

इंसान केवल उन बातों को सफलता मानता है, जो दूसरों की नज़रों में सफलता

मानी जाती है। जब दूसरे लोग यह कहेंगे कि 'तुम सफल हो' तब इंसान सफलता महसूस करता है। लेकिन सच्ची सफलता वह है, जिसमें 'आपने जो निश्चित किया, वही किया और वही हुआ।'

ईशमत

तीसरी सफलता वह है, जो आपके जीवन का लक्ष्य है, जो ईश्वर की दिव्य योजना (ईशमत) है। यह सफलता परम संतुष्टि का आनंद देती है। इस सफलता में ईशमत को प्रथम स्थान पर रखा जाता है। ईश्वर की चाहत के अनुसार प्राप्त की गई सफलता ही सच्ची किस्मत है।

जीवन में हाथ की लकीरें, पुरानी वृत्तियाँ और यांत्रिकी जीवन से मुक्त होने का मार्ग है– सच्चे मायने में भाग्यशाली बनना, ईशमत को महत्त्व देना। जब आप अपनी पुरानी वृत्ति या राशि से बाहर निकलकर नया और सकारात्मक प्रतिसाद देने की कला सीख जाएँगे तब स्वतः ही किस्मत खुल जाएगी। इसके विपरीत जब आप अपनी पुरानी वृत्ति के अनुसार घटनाओं में प्रतिसाद देते हैं तब आप लकीर के फकीर बन जाते हैं, भाग्य की गलत धारणाओं में उलझ जाते हैं। उलझे हुए मन से आप नया व्यवहार कर नहीं पाते। आइए, एक ज्योतिष के उदाहरण से इसे और गहराई से समझते हैं–

भाग्यशाली बनने के तीन तरीके

एक गाँव के मुहल्ले में एक ज्योतिषी रहता था। उस गाँव में प्रथा थी कि कोई भी काम करना हो तो लोग ज्योतिषी से मुहूर्त निकलवाते थे, जैसे शनिवार है तो यह काम करूँ या नहीं? अभी ये उपवास चल रहे हैं तो घर से कितनी दूर जा सकते हैं? इत्यादि। गाँव के लोग इन बातों में उलझे हुए थे।

एक दिन उस गाँव में बाहर से एक दूसरा ज्योतिषी आया। कपड़ों और शकल से तो वह ज्योतिषी नहीं लगता था। न ही उसकी दाढ़ी थी, न माथे पर तिलक और न ही सिर पर टोपी। उसने गाँववालों से कहा, 'मैं आपको भाग्यशाली बनने का तरीका बताना चाहता हूँ।' दूसरे ज्योतिषी की बातें सुनकर पहले तो लोगों को विश्वास ही नहीं हुआ कि इस तरह हमें कोई भाग्यशाली कैसे बना सकता है! अपनी-अपनी सोच और समझ के अनुसार गाँव के लोग तीन वर्गों में बँट गए।

पहले वर्ग के लोगों को दूसरे ज्योतिषी पर विश्वास ही नहीं हुआ, जब ज्योतिषी ने उनसे कहा कि 'तुम पहले से ही भाग्यशाली हो, बनना क्या है!' तो लोगों ने नाराज होकर उससे कहा, 'ये मूर्खताभरी बातें हैं, सब

बकवास है।' इस तरह पहले वर्ग के लोग ज्योतिषी के खिलाफ हो गए।

दूसरे वर्ग के लोगों ने सोचा कि ज्योतिषी की बातों में कुछ तो सच्चाई है। इंसान का जन्म मिला है तो क्या हम वाकई पहले से ही भाग्यशाली हैं? उन्होंने ज्योतिषी से कहा, 'हमें आपकी बातें सही लगती हैं। हम कोई शुभ मुहूर्त देखकर आपके पास आएँगे।' इस तरह दूसरे वर्ग के लोग सुनना तो चाहते थे मगर मुहूर्त की बातों में उलझे हुए थे।

तीसरे वर्ग के लोगों ने अपनी जिज्ञासा दिखाई, उनमें सत्य सुनने की प्यास जगी। इसलिए ज्योतिषी द्वारा तीसरे वर्ग के लोगों को सीधा सत्य बताया गया। सत्य सुनकर उन्हें आश्चर्य हुआ कि जिस चीज़ के बारे में बात की गई, वह तो पहले से ही उनके अंदर थी। जिस आनंद की तलाश बाहर हो रही थी, वह आनंद तो पहले से ही अंदर था, यह जानकर वे बड़े खुश हुए।

उन्होंने उस ज्योतिषी से पूछा, 'आपकी फीस क्या है?' ज्योतिषी ने कहा, 'जो चीज़ आपके पास ही थी उसकी क्या फीस ली जाए। अगर आपको तावीज, मंत्र, माला दी होती तो पैसे लिए जाते मगर मैंने तो आपको सिर्फ समझ, बोध और परख दी है।'

यह उदाहरण इंसानी जीवन की गलत धारणाओं को स्पष्ट रूप से दिखाता है। साथ ही यह भी बोध कराता है कि आपके अंदर 'भाग्य' और 'दुर्भाग्य' की कोई भी परिभाषा हो, उससे आगे बढ़ने का मार्ग उपलब्ध है। सरल उपाय के साथ दुर्भाग्य से मुक्त होकर जीवन का भरपूर आनंद प्राप्त करने का मार्ग आप चुन सकते हैं। यह शक्ति पहले से ही आपके अंदर मौजूद है।

भाग्य और दुर्भाग्य के बारे में लोगों की धारणाएँ इतनी पक्की होती हैं कि वे अपनी धारणाओं को छोड़ने के लिए तैयार नहीं होते। लोगों को यह बात समझने के लिए समय लगता है कि उनकी धारणाओं से परे सहज, सरल परंतु भाग्यशाली जीवन जीना संभव है। यह पुस्तक जीवन की सभी धारणाओं से परे भाग्य का पथ खोलने का सुंदर अवसर है।

◆ ◆ ◆

अपने भाग्य पर किसी का भी पूरा नियत्रंण नहीं होता। असल बात है उन चीज़ों को नियंत्रित करना, जिन्हें आप कर सकते हैं।

- नोएल एम. टिची

अध्याय 2

भाग्य की परिभाषा

स्वयं की असली पहचान पाएँ

> हम अपने दुर्भाग्यों के बारे में जितना ज़्यादा सोचते हैं,
> नुकसान पहुँचाने की उनकी शक्ति को उतना ही ज़्यादा बढ़ा देते हैं।
> —वॉल्टेयर

जीवन पथ पर एक इंसान कई तरह के लोगों से मिलता है। उनमें से कुछ धनवान होते हैं तो कुछ बलवान... कुछ बड़े ओहदे पर होते हैं तो कुछ सौंदर्यवान। इन सभी तरह के लोगों से मिलकर इंसान की भाग्य तथा दुर्भाग्य के बारे में गलत धारणा बनती है। फिर हकीकत में क्या है भाग्य और क्या है दुर्भाग्य? और क्या है किस्मत बदलने का सरल उपाय?

एक स्कूल में पी.टी. के शिक्षक बच्चों को रास्ते पर होनेवाली दुर्घटनाओं के बारे में प्रशिक्षण और नियम समझा रहे थे। उन्होंने एक बच्चे से सवाल पूछा, 'दुर्घटना और दुर्भाग्य में क्या फर्क है?' उस बच्चे ने जवाब दिया, 'सर, आप रास्ते से जा रहे हैं और आपको कोई टक्कर मारकर आगे निकल जाए तो वह है दुर्घटना। अगर आप उस दुर्घटना में बच गए तो वह है दुर्भाग्य।'

यह बच्चे की परिभाषा है। हो सकता है सर उनकी बहुत पिटाई करते होंगे।

इसका अर्थ क्या वाकई किसी की पिटाई करना या पिटना यानी दुर्भाग्य? या जब एक इंसान दूसरे इंसान के बारे में सकारात्मक बातें बोलता है तब दूसरा इंसान भाग्यशाली बन जाता है? क्या भाग्य और दुर्भाग्य की यह परिभाषा उचित है? बिलकुल नहीं।

जीवन के संपूर्ण सत्य की समझ, उसके अनुसार क्रिया और सत्य की वजह से आँखें खोलकर जाग्रत जीवन जीनेवाले को भाग्यशाली या किस्मतवाला कहते हैं। भाग्य की यह परिभाषा समझना साधारण इंसान को मुश्किल लगता है क्योंकि रोज़मर्रा के कार्यों में वह इतना उलझा होता है कि वास्तविक सत्य के बारे में कभी नहीं सोचता।

बातचीत के दौरान जब एक इंसान कहता है कि 'यह मेरी घड़ी है, जो मेरे हाथ की कलाई पर बँधी है' तब उसके अंदर समझ होती है कि वह घड़ी से अलग है। इंसान दिनभर जिन वस्तुओं का इस्तेमाल करता है, उन सभी के बारे में यही समझ रखता है कि वे वस्तुएँ यानी वह नहीं है। किंतु जब इंसानी शरीर की बात होती है तब 'यह मेरा शरीर है' कहने के बावजूद इंसान स्वयं को शरीर मानकर ही क्रियाएँ करता है। जब कहा जाता है कि 'यह मेरा शरीर है' तो उसका अर्थ 'मैं शरीर नहीं हूँ' मगर इस समझ के साथ कोई कार्य नहीं करता।

आज प्रतिपल बातचीत, क्रिया और घटना के दौरान इंसान स्वयं को शरीर मानकर ही जी रहा रहा है। इस वजह से वह संपूर्ण सत्य से वंचित रह गया है। 'वास्तव में मेरा शरीर यानी मैं शरीर से अलग हूँ' यह ज्ञात होने के बाद भी इंसान से स्वयं को शरीर मानने की गलती होती है। इसलिए कहा जाता है– **भाग्यशाली वह जो अनुभव से जान गया कि 'मैं कौन हूँ?'**

एक दिन एक इंसान अंधेरे में लालटेन लेकर जा रहा था। उसने सोचा कि उसकी तरफ आनेवाले लोग लालटेन देखकर अपने आप दूसरी तरफ हट जाएँगे और वह सीधे घर पहुँच जाएगा। किंतु रास्ते में सामने से आता हुआ एक इंसान उससे टकरा गया। उसने टकरानेवाले इंसान पर गुस्सा किया कि 'लालटेन देखने के बावजूद भी टकराते हो, अंधे हो क्या?' तब उस इंसान ने तुरंत कहा, 'अरे! तुम आँखें खोलो, लालटेन तो कबकी बुझ चुकी है।'

यह उदाहरण स्वयं को दुर्भाग्यशाली समझनेवाले इंसान का प्रतीक है। अर्थात जो बातें आज इंसान मानकर चल रहा है, वे कबकी बदल चुकी हैं।

कई लोगों की बचपन से पसंद-नापसंद पक्की हो जाती है, जैसे लाल रंग, भिंडी की सब्जी आदि कुछ लोगों को पसंद आती हैं तो पीला रंग, बैंगन पसंद नहीं आते। जब ये लोग वर्तमान में झाँककर देखेंगे तब उन्हें पता चलेगा कि बचपन में लिए गए कई फैसलों पर वे आज भी अटल हैं, जबकि आज कई बातों में बदलाव आया है। आज उनसे कोई सवाल पूछे तो वे झट से दस या बीस साल पुराना ही जवाब देते हैं। उन्हें बताया जाता है, 'आँखें खोलकर देखें कि क्या आज भी वैसा ही लग रहा है? आज फिर से बैंगन की सब्जी खाकर देखें कि क्या वाकई आज भी वह सब्जी बुरी लग रही है?'

दरअसल हर इंसान जिन मान्यताओं और वृत्तियों के साथ जी रहा है, उनके बारे में उसे फिर से सोचने की आवश्यकता है। विचारों को समय-समय पर परखने तथा समय के साथ बदलने की आदत से विकास पथ पर आगे बढ़ा जाता है। **भाग्यशाली बनने की यात्रा में समय का पारखी बनना महत्वपूर्ण है।**

भाग्यशाली होने का असली अर्थ समझने के मार्ग पर आज आपको फिर से आँखें खोलकर अपने जीवन को देखने का मौका मिला है। इस मार्ग पर अगर कोई सत्य की तरफ इशारा करनेवाला, सही राह दिखानेवाला मिल जाए तो आप तेजभाग्यशाली हैं, जो भाग्य और दुर्भाग्य से मुक्त है।

एक इंसान अपने किसी रिश्तेदार के यहाँ गया और कहने लगा, 'आज मेरी पत्नी का जन्मदिन है, वह ७० साल की हो गई है, उसने आपके लिए बर्थ-डे केक भेजा है। मैं आपको केक खिलाने के लिए इतनी दूर से आया हूँ।' उस इंसान का घर रिश्तेदार के घर से १० कि.मी. की दूरी पर था। आधे घंटे के बाद वह इंसान फिर से आया और उसने रिश्तेदार से कहा, 'मेरी पत्नी ने मुझे वापस भेजा है।' रिश्तेदार ने पूछा, 'क्यों?' तब उस इंसान ने कहा, 'मेरी पत्नी ने आपको सच्चाई बताने के लिए कहा कि वह ७० साल की नहीं, ६८ साल की है। उसकी उम्र दो साल ज़्यादा बताने से आप उसके बारे में क्या सोचेंगे!'

इंसान को ऐसी मूर्खताओं से बाहर लाने हेतु कोई इशारा करनेवाला, गुत्थी सुलझानेवाला मिलने की आवश्यकता है। सभी लोग जी तो रहे हैं मगर जब तक पता नहीं है कि कैसे जीना चाहिए, जब तक स्वयं को नहीं जानेंगे, 'मैं कौन हूँ?' का जवाब अनुभव से नहीं जानेंगे तब तक पूर्ण रूप से भाग्यशाली नहीं बनेंगे।

मनुष्य जन्म का पूर्ण लाभ

जीवन का मूल हेतु जानकर जब आप उसका पूरा लाभ लेंगे तब पूर्ण रूप से भाग्यशाली बन जाएँगे। हर इंसान को उसके घर में उपलब्ध रेडियो, टी.वी., इस्त्री, वॉशिंग मशीन आदि यंत्रों का इस्तेमाल कैसे करना है, यह पता होता है। गरम इस्त्री पर कोई इंसान रोटी नहीं बनाता क्योंकि उसे पता होता है कि रोटी सेंकना इस्त्री का काम नहीं है। अगर रंगीन टी.वी. में कलर कंट्रोल शून्य हो और पाँच साल तक कोई इंसान रंगीन टी.वी. होने के बावजूद ब्लैक ऍण्ड वाईट ही टी.वी. देखे तो आप कहेंगे रंगीन टी.वी. का क्या उपयोग है?

इसी तरह जब आपको इंसान का जन्म मिला है तो उसका सही उपयोग करें। जीवन में आए मौके पहचानें। पृथ्वी पर सभी तरह के जानवर और इंसान उपलब्ध हैं। आज तक इंसानी शरीर द्वारा हज़ारों तरह के कार्य और नए आविष्कार हुए हैं। किंतु इन सभी कार्यों के बीच स्वयं को जानकर, आंतरिक सत्य की अभिव्यक्ति करना लगभग पीछे रह गया है। अतः भाग्यशाली बनने के पथ पर स्वयं का वास्तविक अस्तित्त्व पहचानकर, इसे केवल शब्दों से नहीं बल्कि स्वअनुभव से जानें। यह संभावना केवल इंसानी शरीर में है, बाकी किसी भी जानवर में नहीं है। केवल इंसान को सत्य समझने की शक्ति दी गई है। इस शक्ति का सही इस्तेमाल कर, सही अर्थ में भाग्यशाली बनकर अपनी किस्मत बदलें।

◆ ◆ ◆

प्रतिभाशाली व्यक्ति सबसे भाग्यशाली होते हैं क्योंकि वे वही काम करते हैं, जिसे वे सबसे ज़्यादा करना चाहते हैं।

-डब्ल्यू. एच. ऑडन

अध्याय 3
गलत धारणाओं से मुक्ति

आनंदित जीवन से युक्ति

दुर्भाग्य में अपमान जैसी कोई बात नहीं है। शर्म की बात तो यह है कि हम उससे कुछ न सीखें या उसके बारे में कुछ न करें।
-तिरुवल्लुवर

आज तक पृथ्वी पर उपलब्ध धार्मिक पुस्तकों में भाग्यशाली की परिभाषा अलग-अलग तरीके से परिभाषित हुई है। उदाहरण के तौर पर जो इंसान सिमरन तथा भक्ति करता है, सत्संग में जाता है, सेवा करता है, वह भाग्यशाली होता है। धार्मिक पुस्तकों को पढ़ने के बाद लोग अलग-अलग प्रार्थना स्थलों पर जाकर हर तरह की भक्ति तथा सिमरन करते हैं, मालाएँ जपते हैं, सेवा के तहत लोगों के जूते भी उठाते हैं। मगर ये सेवाएँ करते वक्त उनके मन में यही विचार चलते हैं कि 'मैं यह सेवा कर रहा हूँ'। इस विचार के साथ की गई सेवा, सच्ची तथा शुद्ध सेवा नहीं होती है।

जीवन में भक्ति, सेवा, सिमरन तभी सार्थक हो सकते हैं, जब आप बाहरी बातों से नहीं बल्कि अपने होने से आनंदित हो जाएँ। जब तक आप आनंद के लिए ब्रह्मांड की किसी वस्तु, घटना या इंसान पर निर्भर रहेंगे तब तक आपको मिलनेवाला आनंद तत्कालिक होगा। अगर आप बड़ा ओहदा पाने से आनंदित होंगे और किसी कारणवश वह ओहदा न रहा तो आप दुःखी होंगे। अगर आप धन प्राप्त होने की वजह से आनंदित होंगे तो धन के कम-ज़्यादा होने से आपकी खुशी में भी परिवर्तन

स्वमत, लोकमत या ईशमत / 17

होता रहेगा। किंतु ओहदा, धन, लोग, घटनाएँ आदि पर आनंद के लिए निर्भर होना जब आप बंद करेंगे तब स्वतः ही अपनी किस्मत बदलते हुए भाग्यशाली बनने की ओर बढ़ेंगे।

आंतरिक आनंद का स्वाद पाने के बाद आप स्वयं के साथ उपस्थित रहेंगे और कहेंगे, 'मैं ज़िंदा हूँ इसलिए आनंदित हूँ। मैं अपने होने की वजह से खुश हूँ। मैं हूँ! बस इतना ही आनंदित होने के लिए काफी है।' इस आंतरिक अवस्था के साथ आप स्वतः ही भाग्यशाली बनेंगे और खुशी महसूस करेंगे। केवल ज़रूरत है आपके अंदर की सारी गलत धारणाएँ मिटने की।

गलत धारणाओं से मुक्ति

इंसान जीवन और मृत्यु के प्रति बहुत सारी गलत धारणाएँ पकड़कर बैठा है। जैसे इंसान मृत्यु के बाद स्वर्ग में जाता है... वहाँ पर उसे अपने अच्छे और बुरे कर्मों का हिसाब देना पड़ता है... अगर उसने अच्छे कर्म किए होंगे तो उसे स्वर्ग में प्रवेश मिलता है... वरना नर्क में जगह मिलती है...' आदि। इन गलत धारणाओं के बारे में ईमानदारी से खोज करने की इंसान कभी कोशिश नहीं करता। यहाँ पर दिए गए एक उदाहरण से खोज की आवश्यकता को और गहराई से समझते हैं-

एक औरत बीमार थी। बीमारी में उसने सपना देखा कि वह स्वर्ग के दरवाज़े पर खड़ी थी और कह रही थी, 'मुझे अंदर आने दो।' उस वक्त उसे अंदर से पूछा गया, 'तुम कौन हो?' उसने कहा, 'मैं मंत्री की बीवी हूँ।' तब उससे पूछा गया, 'अरे! तुम्हारे पति के बारे में किसने पूछा? तुम कौन हो यह बताओ।' उसने कहा, 'मैं चार बच्चों की माँ हूँ।' उसे फिर बताया गया, 'अरे! तुम्हारे बच्चों के बारे में किसने पूछा? तुम कौन हो?' उसने जवाब दिया, 'मैं टीचर हूँ।' तब उससे कहा गया, 'अरे! तुम क्या करती हो उसके बारे में किसी ने नहीं पूछा, तुम कौन हो?' फिर वह घबराई कि हकीकत में क्या पूछा जा रहा है।

आगे जब उससे प्रश्न पूछे गए तो उसने एक और जवाब दिया, 'मैं क्रिश्चियन हूँ।' तब उसे कहा गया, 'अरे! तुम्हारे संप्रदाय के बारे में कोई

नहीं पूछ रहा है। कौन हो तुम?' इस सवाल का अंत तक वह जवाब नहीं दे पाई और घबराहट में उसकी आँखें खुल गईं। आँखें खुलने के बाद उसका जीवन ही बदल गया।

कहानी से यह बोध प्राप्त होता है कि लोग जीवनभर यही धारणा रखते हैं कि स्वर्ग के दरवाज़े पर अच्छे-बुरे कर्मों का हिसाब-किताब पूछा जाएगा। जबकि वे गलत धारणा लेकर बैठे हैं। **इंसानी जीवन का सबसे पहला उद्देश्य शरीर से परे स्वयं को अनुभव से जानना है।** अगर यह पहला उद्देश्य पूरा नहीं हुआ तो जीवन का लक्ष्य पूरा नहीं होगा। जबकि लोग पहला लक्ष्य छोड़कर दूसरी बातों में उलझे हुए हैं। इसलिए जीवन में पहला लक्ष्य पहले प्राप्त करें ताकि जीवन सफल हो जाए। जब आपको सभी गलत धारणाओं से मुक्ति मिल जाएगी तब स्वतः ही पहला लक्ष्य पहले प्राप्त होगा।

एक बार एक इंसान भगवान बुद्ध के पास कुछ फूल लेकर गया। उसके बाएँ हाथ में काँटोंवाले और दाहिने हाथ में बिना काँटोंवाले फूल थे। उसने सोचा कि 'मैं दाहिने हाथ के फूल भगवान बुद्ध को दूँगा।' जब वह भगवान बुद्ध के पास पहुँचा तो भगवान ने उससे कहा, 'छोड़ दो।' भगवान की वाणी सुनकर उसने बाएँ हाथ के फूल फेंक दिए क्योंकि लोगों की यह गलत धारणा होती है कि बायाँ हाथ थोड़ा अशुद्ध होता है। जबकि कहानी यहीं पर समाप्त नहीं हुई।

आगे दोबारा भगवान बुद्ध ने उससे कहा, 'छोड़ दो।' उसे आश्चर्य हुआ, 'अरे! ये तो सभी फूल छोड़ने के लिए कह रहे हैं। मैं तो सोचकर आया था कि भगवान बुद्ध को फूल देकर प्रसन्न करूँगा और वे मुझे ज्ञान देंगे।' किंतु उस इंसान को भगवान बुद्ध क्या छोड़ने के लिए कह रहे थे, यह समझ में नहीं आया। भगवान बुद्ध कह रहे थे, 'आपके हाथों के फूलों को जिस मन ने पकड़ा है, उसे छोड़ो, गलत धारणाओं से बाहर आओ।' भगवान बुद्ध का इशारा उस इंसान के तोलूमन की तरफ था, जो गलत धारणाओं में उलझा हुआ था।

इंसान का तोलूमन हमेशा अच्छा-बुरा, दुःख-सुख, अपमान-सम्मान, फूल-काँटे, बायाँ-दायाँ, इस तरह सभी को दो में विभाजित करके देखता है। तुलना करना और दो में विभाजित करके देखना, ये तोलूमन के ऐसे दुर्गुण हैं, जिनकी वजह से इंसान भाग्यशाली होने के बावजूद स्वयं को कोसकर दुर्भाग्यशाली महसूस करता है। तोलूमन कहता है इसलिए इंसान यकीन करता है कि वह दुर्भाग्यशाली है। इंसान के कई दुःखों की जड़ उसका तोलूमन ही है।

जब आप तोलूमन के दुर्गुणों से परे देखेंगे तब उसके पीछे छिपा हुआ सत्य सामने आएगा कि आप केवल अपने होने से खुश हो सकते हैं। आनंदित तथा भाग्यशाली महसूस करने के लिए किसी बाहरी कारण की ज़रूरत नहीं है। **जिस इंसान के अंदर आनंद का झरना फूटता है, वही सच्चा भाग्यशाली! जिस इंसान के जीवन में सत्य प्राप्त करने का पहला कार्य पहले हुआ, उसका जीवन सफल हुआ!** इसके लिए आवश्यकता है गलत धारणाएँ पकड़कर बैठे हुए मन को समझ प्राप्त होना।

जब गलत धारणाओं से भरे हुए मन को समझ प्राप्त होती है तब उसके पीछे का 'मौन' प्रकट होता है। यह 'मौन' शोर और शांति से परे है। शोर भी उसी 'मौन' से प्रकट होता है और शांति भी! तोलूमन उस 'मौन' में स्थापित हो जाए। यह कीमती 'मौन' हर इंसान के अंदर है, हर इंसान को उसे जानना है। इस मौन को समझने के बाद इंसान के अंदर यही सत्य प्रकट होता है कि वह पहले से ही भाग्यशाली है। इसलिए कहा जाता है- 'जिसे आंतरिक 'मौन' को जानने की कला समझ में आ गई, वही परम भाग्यशाली!'

◆ ◆ ◆

मुझे किस्मत पर बड़ा भरोसा है और मैंने पाया है कि मैं जितनी ज्यादा मेहनत करता हूँ, मेरी किस्मत उतनी ज्यादा अच्छी होती जाती है।

-स्टीफन लीकॉक

अध्याय 4

दुर्भाग्य से मुक्ति

राशिफल की सही समझ

ज़्यादा बोलना ख़तरे की निशानी है।
मौन विपत्ति से बचने का साधन है।
बातूनी तोते को पिंजरे में बंद कर दिया जाता है,
जबकि न बोलनेवाले अन्य पक्षी स्वतंत्र उड़ते रहते हैं।

-विष्णु शर्मा

लोगों को हर रोज़ अखबार में अपना राशिफल देखने की आदत होती है। कई लोग राशिफल के आधार पर स्वयं को भाग्यशाली या दुर्भाग्यशाली मानते हैं। उन्हें लगता है अगर उनके राशिफल में सकारात्मक भविष्य लिखा होगा तो वे भाग्यशाली हैं और नकारात्मक लिखा होगा तो दुर्भाग्यशाली। भाग्य और दुर्भाग्य की यह परिभाषा अधूरी है। जिस इंसान को इस परिभाषा से मुक्ति मिले, वही असल में भाग्यशाली है।

राशिफल में उलझे हुए इंसान के साथ किस तरह की घटनाएँ होती हैं, यह आगे बयान किए गए एक उदाहरण से समझा जा सकता है।

एक इंसान ने अखबार में अपना राशिफल पढ़ा कि 'आज आपके रिश्तों में अनबन होगी।' अखबार पढ़ने के बाद वह घर गया। घर में उसने अपनी पत्नी से कहा, 'पीने के लिए पानी दो।' जवाब में पत्नी ने कहा, 'कभी तो खुद लेकर पानी पीया करो।' उस इंसान ने तुरंत पत्नी के जवाब को अखबार में पढ़े राशिफल के साथ जोड़ दिया। हालाँकि उस वक्त उसकी पत्नी किसी और कार्य में उलझी हुई थी इसलिए उसने अपने पति को उसके

स्वमत, लोकमत या ईशमत / 21

हाथों से पानी लेने का जिक्र किया। मगर उस इंसान ने इस बात की तरफ ध्यान ही नहीं दिया। वास्तव में यह साधारण घटना थी मगर उस इंसान को विश्वास हो गया कि जैसे अखबार में अनबन के बारे में लिखा था, वैसा ही घर पर हो रहा है। उसे यह पता नहीं कि अपने विचारों से वह रिश्तों में अनबन के राशिफल को आकर्षित कर रहा था।

हकीकत में राशिफल ने उस इंसान के साथ होनेवाली हज़ारों संभावनाओं में से केवल एक संभावना बताई थी। जब उस इंसान के विचार राशिफल के साथ चिपक गए तभी उसके जीवन में राशिफल का असर देखा गया। हर इंसान के साथ यही होता है। राशिफल का असर इंसान के जीवन में बहुत कम होता है। अपने सकारात्मक तथा नकारात्मक विचारों की वजह से ही इंसान अपना भाग्य तथा दुर्भाग्य आकर्षित करता है।

भारत में करीबन १३० करोड़ लोग हैं और कुल मिलाकर बारह राशियाँ हैं। भारत की जनसंख्या को ध्यान में रखते हुए साढ़े दस करोड़ से ज़्यादा लोग हर राशि के अंतर्गत आते हैं। इतने लोगों का भाग्य राशिफल के अनुसार एक ही होता है मगर आप जानते हैं कि हर इंसान के साथ हर रोज़ अलग-अलग घटनाएँ होती हैं। तार्किक रूप से सोचा जाए तो राशिफल के अनुसार साढ़े दस करोड़ लोगों के जीवन में एक जैसी घटनाएँ होनी चाहिए। बहरहाल हकीकत में वैसा नहीं होता।

इसकी वजह है केवल राशिफल के अनुसार इंसान का पूरा जीवन नहीं चलता। उसके जीवन पर राशिफल का असर केवल १०% से १५% होता है और अगर यह असर हो भी रहा है तो वह उसकी अभिव्यक्ति तथा खिलने-खुलने के लिए, न कि रुकावट बनने के लिए! इंसान हमेशा यही बात मानता है कि 'मेरे जीवन की कुछ घटनाएँ, लोग और वातावरण नकारात्मक हैं, इनसे मेरी अवनति होनेवाली है।' उसकी यह धारणा सही समझ के साथ गलत साबित होती है। जब उच्चतम चेतना के साथ जीवन का दर्शन होता है तब यही समझ प्रकट होती है कि हर नकारात्मक घटना में कुछ सकारात्मक सीख छिपी है। इंसान जब वह सीख प्राप्त करता है तब स्वतः ही जीवन में आगे बढ़ता है। जब तक जीवन में होनेवाली नकारात्मक घटना से सही सीख नहीं मिलती तब तक बार-बार उसी तरह की घटनाएँ होती रहती हैं। इसलिए आवश्यक है कि जीवन में हर घटना से सही सीख प्राप्त करने की कला सीखना ताकि दुर्भाग्य से पूर्ण रूप से मुक्ति मिले और किस्मत का चुनाव

करने की संभावना खुले।

हर इंसान के अंदर दिनभर चलनेवाले विचारों पर निर्भर होता है कि आज उसके जीवन को कौन सी दिशा मिलनेवाली है। जिन लोगों के विचार सकारात्मक होते हैं, वे ही खिलने-खुलने में मदद करते हैं और जिनके विचार नकारात्मक होते हैं, वे अभिव्यक्ति में बाधा बनते हैं। जीवन के प्रति इंसान की समझ जैसे-जैसे बढ़ते जाती है, वैसे-वैसे उसके विचार बदलते जाते हैं।

> जैसे एक इंसान डॉक्टर के पास गया। डॉक्टर ने उसका चेहरा और लक्षण देखकर कहा, 'शायद आपका ब्लड प्रेशर बढ़ गया है।' यह सुनकर ही उस इंसान का थोड़ा ब्लड़ प्रेशर बढ़ गया। केवल सुनने से ही उसके विचारों में बदलाहट आई और वह सोचने लगा, 'कहीं मुझे ब्लड प्रेशर की बीमारी तो नहीं?' इस तरह अपने ही विचारों की वजह से इंसान अलग-अलग बीमारियाँ आकर्षित करता है।

नकारात्मक विचारों को आकर्षित न करें

कोई भी इंसान अपने बारे में नकारात्मक नहीं सोचता मगर अपने विचारों की वजह से अनजाने में नकारात्मक घटना, वातावरण तथा लोगों को आकर्षित करता रहता है। जैसे किसी इंसान को सुबह उठते ही विचार आता है, 'आज का दिन कुछ डल, बुझा-बुझा सा लग रहा है।' इस विचार के साथ आगे उसे लगता है कि आज का दिन तो बुरा ही जाएगा। उसका यह नकारात्मक विचार तुरंत काम करना शुरू करता है, फिर वह छोटी सी घटना ही क्यों न हो या कहीं टकराना या लड़खड़ाना ही क्यों न हो। इन घटनाओं के साथ उसे धीरे-धीरे यह पक्का होता है कि उसका दिन तो बुरा ही जाएगा। फिर दिनभर उसे अपने नकारात्मक विचारों के ही सबूत मिलते हैं।

इस तरह एक नकारात्मक विचार भी जीवन में बहुत सारी नकारात्मक घटनाओं को आकर्षित कर सकता है। फिर दिन के अंत में इंसान सोचता है, 'मैंने अपने बारे में बुरा नहीं सोचा था, फिर भी आज बहुत सारी नकारात्मक घटनाएँ हुईं।' किंतु शरीर में नकारात्मक विचार आने के बाद शरीर के अंदर बदलाहट होती है और इंसान तुरंत उन विचारों से चिपक जाता है। जब इंसान की समझ बढ़ती है तभी वह नकारात्मक विचारों को सहारा नहीं देता।

अतः जीवन में हमेशा यही समझ रखें कि राशिफल या नक्षत्रों के अलावा

बाकी ९०% जीवन इंसान के अंदर चलनेवाले विचारों से नियंत्रित होता है। कई लोगों को इस बात पर यकीन करना मुश्किल लगता है मगर यही हकीकत है। जब इंसान राशिफल के विचारों से मुक्त होता है तब उसके विचारों के अनुसार उसका भविष्य आकार लेने लगता है।

इसलिए अगर आप अखबार में राशिफल देखना ही चाहते हैं तो सभी राशियों के बारे में पढ़ें और उनमें से सबसे उत्तम राशिफल अपने लिए चुनें। इससे आप एक राशि के नहीं बल्कि बारह राशियोंवाले हो जाएँगे। इस सोच के साथ आप राशिफल में से जो सबसे उत्तम भविष्य बतानेवाला राशिफल होगा, उसे ही अपना मानेंगे। इंसानी विचारों का यही चमत्कार है कि उत्तम राशिफल में बताए हुए सकारात्मक विचार को जब आप बार-बार दोहराएँगे तब वह सहजता से प्रकट होना शुरू होगा।

लकीर के फकीर न बनें

भाग्य से मुक्त होना यानी लकीरों से मुक्त होना। आज तक कई लोग लकीर के फकीर बनकर जी रहे थे, अब उन्हें उससे मुक्त होना है। अब तक भाग्य की लकीरें पक्का कर रही थीं कि एक इंसान को किस संगीत पर प्रभावित होना है, लकीरें बता रही थीं कि इंसानी मशीन इस राशि की है तो उसे किस तरह प्रतिसाद देना चाहिए। जीवन में हर इंसान का प्रतिसाद किस तरह होना चाहिए? पुरानी वृत्ति तथा संस्कार के हिसाब से इंसान को किसी विशेष तरह का ही व्यवहार करना चाहिए और वह वैसा ही व्यवहार कर रहा है यानी वह लकीर का फकीर है, दुर्भाग्य और भाग्य की कल्पनाओं में उलझा हुआ है। भाग्य से मुक्त होना यानी इस मशीनियत से बाहर आना।

वरना कई लोग जीवन में नया प्रतिसाद दे नहीं पाते। किंतु जब इंसान को पहली बार दुर्भाग्य और भाग्य का सत्य पता चलता है तब घटना वही होती है मगर उससे एक नया प्रतिसाद निकलता है। नए प्रतिसाद के साथ उसे ही आश्चर्य होता है कि 'अरे! मुझसे यह प्रतिसाद कैसे निकला?' जब इंसान वर्तमान में रहते हुए नया, ताज़ा, फ्रेश प्रतिसाद देने लगता है तब अपने आप दुर्भाग्य की नकारात्मक भावना से निकलकर भाग्यशाली बनने का रास्ता खुलता है। जो इंसान जाग्रत सकारात्मक विचारक बना, मान्याताओं के नर्क और सवालों के जंगल से मुक्त हुआ वह असल में भाग्यशाली। ऐसे इंसान के लिए उसकी किस्मत का चुनाव करने की संभावना

खुलती है।

सकारात्मक विचारों का चमत्कार

अपने विचारों को हमेशा सकारात्मक रखें और भविष्य जानने में उत्सुक न रहें। ज्योतिष द्वारा बताई गई नकारात्मक बातें आपके मन का रोग बन सकती हैं। आज तक कई लोग इन नकारात्मक बातों से अपना वर्तमान बिगाड़ चुके हैं। किंतु आज आपकी अवस्था जैसी भी हो, आप सही समझ के साथ उच्च अवस्था की तरफ बढ़ सकते हैं। जीवन में १०% राशिफल, नक्षत्र आदि को इतना महत्त्व न दें कि बाकि ९०% सकारात्मक विचारों को भूल जाएँ। **अटूट विश्वास, सकारात्मक भावना तथा विचारों के साथ अपने भविष्य और किस्मत का चुनाव खुद करें।**

सकारात्मक विचारों से और सही समझ द्वारा आप भी अपने विचारों की दिशा बदल सकते हैं। जैसे, अगर आपको सुबह उठते ही विचार आया कि 'आज का दिन डल होगा, आज कुछ अच्छा नहीं होगा' तो तुरंत नकारात्मक विचार से अपना ध्यान हटाकर, उसे सकारात्मक विचार में बदलें। सुबह उठने के बाद जाग्रत हो जाएँ। हर सुबह स्वयं को नए और सकारात्मक विचारों से भर दें और कहें :

'आज का दिन बढ़िया होगा!

आज मेरे जीवन में अनेक चमत्कार होंगे!

हे ईश्वर, आज का दिन

जीवन में प्रकट होने के लिए आपका धन्यवाद!''

जब आप इन सकारात्मक विचारों के साथ हर रोज़ निरंतरता से अपने दिन की शुरुआत करेंगे तब कुछ ही दिनों में आप आंतरिक रूप से बदल जाएँगे। आप महसूस करेंगे कि आप उत्साही, आनंदित और भाग्यशाली जीवन की ओर बढ़ रहे हैं।

एक पक्षी की तरह पिंजरे में न रहें। किसी पक्षी के साथ ऐसा भी होता है कि अगर उसे पिंजरे के बाहर लाया गया तो भी वह पिंजरे की सलाखों को ही पकड़े रहना चाहता है, उसे खुला आसमान पसंद नहीं आता। इंसान भी उसी पक्षी की तरह अपनी चिंताएँ तथा दुर्भाग्य के विचारों से इतना बँधा होता है कि उसे सकारात्मक विचारों के खुले आसमान की मुक्ति का एहसास ही नहीं होता। अतः **जीवन में**

हमेशा आसमान की बुलंदियों को छूने के ख्वाब देखें, मन को सकारात्मक विचारों से भर दें और राशिफल, नक्षत्र आदि का भय पूरी तरह से निकालकर भाग्य से मुक्त हो जाएँ। दुर्भाग्य और भाग्य दोनों से मुक्ति के लिए प्रार्थना का मार्ग अपनाएँ।

मुक्ति के लिए प्रार्थना

दुर्भाग्य से मुक्त होने का सबसे आसान तरीका है 'प्रार्थना।' आपको आश्चर्य होगा कि क्या वाकई में केवल प्रार्थना करने से दुर्भाग्य से मुक्ति पाई जा सकती है? आपको यह सवाल भी आ सकता है कि 'मैंने आज तक जीवन में तहेदिल से भरपूर प्रार्थना की है। फिर भी दुर्भाग्य मेरा पीछा नहीं छोड़ता। अब प्रार्थना के साथ यह कैसे संभव है?'

यह बिलकुल सही है कि आज तक आपने कई बार पूरी श्रद्धा तथा भावना के साथ प्रार्थना की होगी मगर आज आपको उससे आगे बढ़ना है। इस पुस्तक के साथ आपको सीखना है कि प्रार्थना पूर्ण कैसे होती है और प्रार्थना के बाद आपको क्या करना चाहिए? अगर आप संपूर्ण प्रार्थना कैसे करनी है और उसकी आवश्यकताओं को सीख पाएँ तो आप जीवन में दुर्भाग्य से पूर्ण रूप से मुक्त हो सकते हैं।

लोकमत और स्वमत से आगे अगर आप ईशमत के अनुसार जीवन जीने की चाहत रखते हैं और अपनी किस्मत बदलना चाहते हैं तो उसके लिए सबसे सरल उपाय है 'प्रार्थना।' जीवन में कभी न कभी हर इंसान को प्रार्थना करना सीखाया जाता है। विश्व के सारे संप्रदायों में प्रार्थना का महत्त्व बताया जाता है। इसके बावजूद भी प्रार्थना के माध्यम से अपनी किस्मत बदलने का तरीका लोग नहीं जानते। यह पुस्तक उसी समझ को उजागर करने का सुंदर अवसर है।

इंसान के अंदर पनप रहा एक शक्तिशाली विचार पूरा जीवन बदलने की क्षमता रखता है। इंसानी मन में उठ रहा हर विचार प्रार्थना बनकर उसके जीवन में क्रांति ला सकता है। ज़रूरत है केवल ईमानदारी से अपने विचारों को देखने की... पुरानी परिभाषा तथा मान्यताओं को छोड़कर, नए तरीके से जीवन दर्शन करने की। आइए, दुर्भाग्य से पूर्ण रूप से मुक्त होने के लिए आगे प्रार्थना का मार्ग अपनाते हैं।

◆ ◆ ◆

इंसान के भाग्य का साँचा मुख्यत: उसी के हाथों में होता है।

-फ्रांसिस बेकन

खण्ड २
समस्या से समाधान की ओर
प्रार्थना पथ

अध्याय 5

सत्य प्रेमी है भाग्यशाली

प्रार्थना है विकास की सीढ़ी

अपनी वर्तमान नियामतों पर विचार करें, जो हर इंसान के पास बहुतेरी होती हैं - अपने अतीत के दुर्भाग्यों पर विचार न करें, जो सभी लोगों के पास थोड़े होते हैं।

-चार्ल्स डिकेन्स

जीवन में लोगों के अलग-अलग सवाल होते हैं। उन सवालों में ज़्यादातर सास-बहू का बरताव, बच्चे, पति-पत्नी के मतभेद, पड़ोसी, कार्यालयीन कामकाज आदि विषयों से संबंधित सवाल होते हैं। इन विषयों पर मिले हुए मार्गदर्शन से कई लोगों के सवाल सुलझने शुरू हो जाते हैं। उन्हें समझ में आता है कि जीवन में घर, समाज, देश तथा ब्रह्मांड में कैसे जीना है। इसके बाद भी कुछ लोगों के सवाल बाकी रह जाते हैं। कई बार इन सवालों में से सबसे मुख्य सवाल होता है दुर्भाग्य के बारे में। जीवन में आगे बढ़ने के लिए सबसे बड़ी दिक्कत दुर्भाग्य है, ऐसा कई लोग मानते हैं। किंतु उन्हें दुर्भाग्य से मुक्ति कैसे पानी है, यह समझ में नहीं आता।

सभी सवालों के जवाब हमारे ही अंदर हैं। ईश्वर हमारे अंदर है, सत्य हमारे अंदर है, तेजस्थान हमारे अंदर है, सवाल हमारे अंदर हैं और जवाब भी हमारे अंदर ही हैं। जब सारे सवालों के जवाब तेजस्थान (हृदय) से मिलने लग जाएँगे तब जीवन के रहस्य खुल जाएँगे, जीवन की गुत्थी सुलझ जाएगी। यह अवस्था तब आएगी, जब आपके सारे सवाल खत्म होंगे और सभी सवाल तब खत्म होंगे, जब आप स्वयं

अनुभव में स्थापित होंगे, आत्मसाक्षात्कार प्राप्त करेंगे। इसका अर्थ यह हुआ कि जिसके सभी सवाल खत्म हो गए वह भाग्यशाली।

इसके लिए चाहिए सिर्फ सवालों के जवाबों को बाहर निकालने की कला, निर्विचार होने की कला, पूछने की कला, इंतज़ार करने की कला, धैर्य, साहस और विश्वास की संपदा। फिर जवाब हमें आनंद और संतुष्टि देंगे। खोज का आनंद प्रदान करेंगे। भूख लगने के बाद खाना खाने से जो संतुष्टि मिलती है, जो समाधान मिलता है, जो तृप्ति मिलती है, वही तृप्ति तेज़ जवाब मिलने से मिलती है। दुर्भाग्य से मुक्ति के सवाल का सही जवाब प्रार्थना में है। आइए, प्रार्थना की समझ के साथ कदम दर कदम अपने दुर्भाग्य को भाग्य में बदलने के मार्ग पर चलें।

प्रार्थना इंसानी जीवन का बहुमूल्य पहलू है। किसी इंसान को लग सकता है कि 'मैं हर रोज़ ईमानदारी से प्रार्थना करता हूँ। मुझे प्रार्थना के बारे में ज़्यादा जानने की ज़रूरत नहीं है।' किंतु जब वह इस विषय की गहराई को समझेगा तब उसे पता चलेगा कि प्रार्थना के बारे में जानना कितना ज़रूरी है। इंसान जीवन के हर कदम पर अलग-अलग तरीके से प्रार्थना करता है मगर उसके बावजूद प्रार्थना का अपेक्षित परिणाम क्यों नहीं आता, यह नहीं जानता। इसलिए प्रार्थना के सारे पहलुओं को गहराई से समझना ज़रूरी है मगर उसके भी पहले समझें ईश्वर की लीला को।

ईश्वर जब स्वयं की तलाश करता है तब वह खोजी (सत्य प्रेमी) बनता है। इसी को ईश्वर की लीला कहा गया है। ईश्वर की लीला में कौन किसे खोज रहा है? इस लीला का अंत क्या है? और अगर अंत समझ में आए तो उसका पहला कदम क्या है? इन सारे सवालों के जवाब हैं 'प्रार्थना' इंसान को पता नहीं होता कि पृथ्वी पर आकर संसार में रहते हुए पढ़ाई, शादी, बच्चे, उनकी पढ़ाई, उनकी शादी, उनके बच्चे आदि सब करके वापस लौट जाना है या जीवन उससे भी परे है? संसार में रहते हुए कुछ कार्य पूरे होते हैं, कुछ नहीं होते। ऐसा क्यों होता है, यह भी इंसान समझ नहीं पाता।

जीवन की उलझन सुलझाने के लिए कहा जाता है कि सबसे पहले पहला कदम उठाएँ- प्रार्थना करना शुरू करें। प्रार्थना शुरू हो गई तो समय के साथ उसके जवाब भी आने लगेंगे। शुरुआत में ऐसा हो सकता है कि इंसान प्रार्थना के जवाबों

को न पहचाने या जवाब आने के बावजूद उन्हें अनदेखा करे। क्योंकि इंसान की आँखें प्रार्थना के जवाबों को पहचानने और घटनाओं को सही ढंग से देखने के लिए उतनी प्रशिक्षित नहीं होती।

दुर्भाग्य से मुक्ति की पहली प्रार्थना

जीवन में कौन सी घटना, कौन सा सबक सिखाने के लिए होती है, यह इंसान को पता नहीं होता। ज़्यादातर घटनाओं में उसके मन में अनुमान चलते रहते हैं। अगर आपको लगता है कि आपके साथ भी ऐसा हो रहा है तो सबसे पहले उसके लिए प्रार्थना करें :

'हे ईश्वर,
मेरे द्वारा की गई प्रार्थना के जो जवाब आप मुझे देंगे,
उन्हें पहचानने की क्षमता मुझमें निर्माण करें।
हे ईश्वर,
मुझे बुद्धि और समझ दें ताकि
मैं आपके द्वारा दिए गए जवाबों को समझ पाऊँ।'

यह प्रार्थना दोहराना आपके लिए दुर्भाग्य से मुक्ति की पहली प्रार्थना सिद्ध हो सकती है। इस प्रार्थना के साथ आपका ईश्वर के साथ ताल-मेल बैठना शुरू होगा, जिससे प्रार्थना के बाद आनेवाले ईश्वरीय संकेतों के प्रति आप संवेदनशील बन जाएँगे। आपकी संवेदनशीलता आपको सहजता और शांति से भाग्य की ओर लेकर जाएगी।

प्रार्थना पथ पर आगे बढ़ते हुए प्रार्थना करने से पहले भी प्रार्थना की जा सकती है। ऐसा करना ईश्वर के प्रति आपका समर्पण बढ़ाएगा। इससे ईश्वर आपको जो देना चाहता है, वह आप सहजता से ले पाएँगे। प्रार्थना से पहले की गई प्रार्थना को 'तेज प्रार्थना' भी कहा जा सकता है। ईश्वर के साथ बढ़िया ताल-मेल बिठाने के लिए यह ज़रूर करें -

'हे ईश्वर,
आज मैं जो भी प्रार्थना करूँगा,
वह तुम मत सुनना,

अज्ञान में मैं फिर भी कुछ माँगता रहूँगा
मगर मेरी दिव्य योजना के अनुसार
जो मेरे लिए उत्तम है, वही मेरे जीवन में आए।'

यह प्रार्थना जीवन में स्वीकार का महत्त्व प्रकट करती है। नकारात्मक विचार, बीमारी, दुर्भाग्य आदि सभी से मुक्त होने के लिए स्वीकार ही पहला कदम है। स्वीकार के साथ जब आप जीवन में आगे बढ़ने की ठान लेते हैं तब ईश्वरीय इच्छा सहजता से प्रकट होने में मदद करती है। वरना कई बार अपने लक्ष्य को प्राप्त करने के लिए, रोजी-रोटी कमाने के लिए लोगों को बहुत सारे कष्टों का सामना करना पड़ता है। कष्टों के बावजूद जो चाहा सो पाने में आनेवाली दिक्कतें कम क्यों नहीं होती, इसी सवाल के साथ लोग पूरा जीवन बीता देते हैं। प्रार्थना पथ की खूबसूरती यही है कि प्रार्थना आपके मन का तूफान शांत करने में मदद करती है। समर्पण और सकारात्मक भावना से की गई प्रार्थना आपको उच्च चेतना के प्रति ग्रहणशील बनाती है। प्रार्थना का पूरा फल प्राप्त करने के लिए आप आगे दी हुई दूसरी 'तेज प्रार्थना' भी कर सकते हैं-

'हे ईश्वर,
अपनी समझ अनुसार मैं जो भी प्रार्थना कर रहा हूँ
उसका उत्तम फल ग्रहण करने के लिए मुझे तैयार किया जाए।'

प्रार्थना तो सभी करते हैं मगर 'तेज प्रार्थना' से अपनी प्रार्थना को बल देने का तरीका कई लोगों को पता नहीं होता। इस 'तेज प्रार्थना' के साथ आप संपूर्ण प्रार्थना के पथ पर आगे बढ़ रहे हैं।

अनजाने में उठी प्रार्थना

एक बच्चा अपने माता-पिता के साथ मंदिर जाता है। जब मंदिर में माता-पिता मूर्ति के सामने हाथ जोड़कर कुछ कहते हैं तब बच्चा देखता रहता है। एक दिन वह माता-पिता से सवाल पूछता है, 'जैसे आप प्रार्थना करके ईश्वर से बातचीत करते हैं, वैसे क्या ईश्वर भी आपसे बातचीत करता है?' उस बच्चे को पता नहीं होता कि उसका यह विचार ही उसकी पहली प्रार्थना है। इंसान के अंदर **'ईश्वर मेरे साथ बातचीत क्यों नहीं**

करता?' यह विचार आना ही हकीकत में उसकी पहली प्रार्थना है। हालाँकि बच्चे को पता नहीं प्रार्थना कैसे उठती है और कब पूरी होती है। फिर भी वह सोचता है, ईश्वर हमसे बात क्यों नहीं करता।

बड़ा होने के बाद जीवन में इंसान भी विभिन्न प्रार्थनाओं के साथ शुरुआत करता है। अज्ञान की अवस्था में इंसान कौन सी प्रार्थनाएँ करता है? जिस इंसान की आँखें बंद हैं, उसे बाहर अंधेरा हो या उजाला, उससे कोई फर्क नहीं पड़ता। किंतु जिस इंसान की आँखें खुली हैं, उसे साफ दिखाई देने के लिए उजाले की ज़रूरत महसूस होती है। अंधेरे में जिस इंसान की आँखें बंद होती हैं, वह अलग तरह की प्रार्थनाएँ करता है। अंधेरे में जिस इंसान की आँखें खुली होती हैं, वह टॉर्च और प्रकाश के लिए प्रार्थना करता है।

जब किसी इंसान को सामने पड़ी रस्सी साँप नज़र आती है तब वह कौन सी प्रार्थना करेगा? वह अज्ञान में साँप से बचने के लिए, साँप को हटाने या मारने के लिए छड़ी की प्रार्थना करेगा। जब आपको यह दिखाई देगा कि वहाँ पर साँप नहीं बल्कि रस्सी पड़ी है तब आप उस इंसान को आगाह करेंगे कि वह गलत प्रार्थना कर रहा है। आप उस इंसान को टॉर्च के लिए प्रार्थना करने के लिए कहेंगे ताकि वह रस्सी और साँप के बीच का फर्क समझ पाए। हकीकत में उस इंसान के अंदर छड़ी की इच्छा जगी मगर वह उसकी असली ज़रूरत नहीं थी।

इंसान में प्रार्थना की आदत डाली जाती है क्योंकि वह अपने रोज़मर्रा के जीवन से थोड़ा ऊपर उठकर देखे कि उसे सचमुच छड़ी चाहिए या टॉर्च। वह जिन घटनाओं को समस्याएँ, दुर्भाग्य समझता है वे हकीकत में चुनौती, जीवन का सबक (सीख) या विकास की सीढ़ी भी हो सकती है। प्रार्थना करने के बाद इंसान अपनी चेतना को बढ़ाकर यह देख पाए कि जो उसे कीचड़ लग रहा है, वह कीचड़ है या ट्यूशन टीचर?

ज़्यादातर इंसान उसके आस-पास के लोगों से जो बातें सुनता है, उनके आधार पर ही निर्णय लेता है और प्रार्थना करता है। कोई इंसान अगर मनन करनेवाला हो तो वह लोगों की बातें सुनकर स्वमत बनाता है और उसके आधार पर प्रार्थना करता है। लोकमत और स्वमत से आगे ईशमत होता है। ईशमत की समझ प्राप्त करने

के लिए इंसान को उसकी प्रार्थनाओं को सकारात्मक रूप से बदलना ज़रूरी है।

हकीकत में जब इंसान जब प्रार्थना करने के लिए बैठता है तब उसे स्वयं से पूछना चाहिए कि आज उसे क्या चाहिए? आज वह ईश्वर को क्या बताना चाहेगा? इन सवालों के साथ ही ईशमत को पहचानकर प्रार्थना धीरे-धीरे बदलकर उच्चतम की तरफ बढ़ती है।

लोग जीवनभर अज्ञान में बहुत सारी प्रार्थनाएँ करते हैं और उन्हें प्रार्थनाएँ करनी भी चाहिए मगर वे अपनी प्रार्थनाओं को बदल नहीं पाते। हकीकत में समय के साथ प्रार्थनाओं को बदलना चाहिए। जीवन में ज्ञान मिलने के साथ आपकी हकीकत क्या है और आपका वास्तविक स्वरूप क्या है, यह समझ में आता है। सत्य प्राप्ति के साथ आपके जीवन में सभी भाग्यशाली हैं, यह सत्य भी उजागर होगा। ऐसे में सत्य समझने के बाद आपको अपनी प्रार्थना में परिवर्तन करना चाहिए।

जब आप स्वयं को शरीर मानते हैं तब आप शरीर के लिए सुख-सुविधाओं की चाहत रखते हैं। किंतु जब आप जान जाते हैं कि हकीकत में आपका अस्तित्त्व शरीर से परे है तब आपकी प्रार्थना में परिवर्तन होता है। सत्य की समझ के बाद आपकी प्रार्थना और भक्ति दोनों में परिवर्तन होगा। दुर्भाग्य और भाग्य की परिभाषा समझने से आपके अंदर से भाग्यशाली बनने के बाद होनेवाली प्रार्थनाएँ निकलेंगी। वे प्रार्थनाएँ आपको मुक्ति पथ पर और आगे लेकर जाएँगी।

◆ ◆ ◆

लक्ष्मी अपने वरदान लगनशील व्यक्ति पर बरसाती है। वे आलसी से नफरत करती है, जो पूरी तरह से भाग्य पर निर्भर होता है। इसलिए अपने भाग्य को एक तरफ रख दें और अपनी पूरी शक्ति से कोशिश करें।

-पंचतंत्र

अध्याय 6

प्रार्थना का बल

रूपांतरण का नियम

दुर्भाग्य छोटे मस्तिष्कवाले लोगों को दबा देता है लेकिन
महान मस्तिष्कवाले लोग उस पर कदम रखकर उसके ऊपर उठ जाते हैं।
-वॉशिंगटन इरविंग

यकीन मानिए, दुर्भाग्य से मुक्ति का हर पायदान आपको आगे ले जानेवाला और रोचक हो सकता है, ज़रूरत है केवल सही समझ प्राप्त करने और होश जगाने की। लोगों की मान्यता होती है कि दुर्भाग्य से मुक्ति पाने के लिए उन्हें बहुत बड़े कदम उठाने की ज़रूरत है। किंतु प्रार्थना के छोटे मगर निरंतर कदम के साथ भाग्यशाली बनने का मार्ग खुल सकता है। हालाँकि प्रार्थना का यह कदम छोटा दिखाई देता है मगर बहुत शक्तिशाली है। कैसे? आइए, इसे एक प्रचलित कहानी द्वारा समझते हैं-

एक पेड़ पर दो पक्षी बैठे थे। अचानक उनका ध्यान एक शिकारी पर गया, जो तीर साधे उनकी तरफ निशान लगाए, तीर छोड़ने की ताक में था। ऐसी अवस्था में जब पक्षियों ने आसमान की उड़ान भरने की सोची तब देखा कि उनके ऊपर आसमान में बाज़ उड़ रहा था। अब पक्षी इस अवस्था में थे कि अगर ऊपर उड़े तो बाज़ पकड़ लेगा और जहाँ हैं, वहाँ बैठे रहे तो तीर लग जाएगा। इस विकट स्थिति में पहला पक्षी अपने दुर्भाग्य को

कोसने लगा। उसने दूसरे पक्षी से कहा, 'भगवान बिलकुल दयालु नहीं हैं। वरना वे हमारे लिए दो संकट एक साथ क्यों भेजते थे? अब तो हमें मरने से कोई नहीं बचा सकता। मैं जीवन का और आनंद लेना चाहता था मगर मैं इतना दुर्भाग्यशाली हूँ कि अब शिकारी या बाज़ दोनों में से किसी एक के हाथों मेरी मौत होना निश्चित है।'

उसकी दुःखद बातें सुनकर दूसरे पक्षी ने उसे प्रार्थना करने का सुझाव दिया। पहले पक्षी ने कहा कि 'प्रार्थना करने से कोई फायदा नहीं होगा, अब उनके बचने की कोई उम्मीद नहीं है।' फिर भी दूसरे पक्षी के जोर देने पर तथा कोई और रास्ता न दिखाई देने की वजह से दोनों पक्षियों ने अपने बचाव के लिए प्रार्थना की। प्रार्थना के बाद आश्चर्य हुआ कि शिकारी के तीर छोड़ते वक्त एक चींटी ने उसके पैर में काट लिया। इसकी वजह से शिकारी का तीर पक्षियों के बजाय ऊपर उड़ रहे बाज़ को लगा। इससे शिकारी और बाज़ दोनों का खतरा पक्षियों के लिए टल गया। प्रार्थना की शक्ति से दोनों पक्षियों की जान बच गई।

तात्पर्य- जीवन में जब भी मुश्किल समय आए तब यह न समझें कि 'फलाँ मुश्किल से बाहर निकलने के सारे मार्ग बंद हो गए हैं... मेरा भाग्य ही खराब है... अब इस समस्या में कुछ सकारात्मक होने की कोई संभावना शेष नहीं है।' स्मरण रहे, आपके अनुसार कितना भी अंतिम क्षण क्यों न आया हो, बजाय दुर्भाग्य का रोना रोए, आप प्रार्थना तो कर ही सकते हैं।

अपनी-अपनी समझ के अनुसार लोग जीवन में प्रार्थनाएँ करते हैं। अगर किसी इंसान की समझ कम होगी तो वह गलत प्रार्थना करेगा। मगर यह भी सत्य है कि प्रार्थना करने से ही वह सही प्रार्थना करने का गुर सीखेगा। दूसरी ओर जो प्रार्थनाएँ करते हैं, उनकी कुछ प्रार्थनाएँ पूरी नहीं होतीं तभी वे मनन करते हैं।

ब्रह्मांड में ऐसा कोई इंसान नहीं है जो कहे कि 'मैं प्रार्थना नहीं करता।' हकीकत में भविष्य के बारे में इंसान के अंदर जो विचार चलते हैं, वे प्रार्थना का ही रूप हैं। उन विचारों के लिए कुदरत हर पल 'तथास्तु (वैसा ही हो)' कहती रहती है। यह बात बहुत सारे लोगों को पता नहीं होती क्योंकि यह अदृश्य में होता है।

आपने अपने घर के बड़े-बुजुर्गों से अकसर यह कहावत भी सुनी होगी कि हमेशा अच्छा-अच्छा बोलना चाहिए क्योंकि कभी भी तथास्तु हो जाएगा। इस कहावत के पीछे भी वही अर्थ है कि अगर इंसान गलत विचार रखेगा तो कुदरत के तथास्तु कहने से उसके गलत विचार प्रकट होंगे। घर में कई बार बड़े लोग यह भी कहते हैं कि 'दिन में एक बार तो इंसान की बात सच हो जाती है इसलिए दिनभर अच्छा सोचें वरना इंसान का नकारात्मक विचार भी पूरा हो जाएगा।'

इंसान जीवन में अपने विचारों से सब कुछ आकर्षित कर रहा है। उसके विचार दुर्भाग्य को आकर्षित कर रहे हैं और भाग्य को भी! उसके ही विचार ज्ञान को आकर्षित कर रहे हैं और अज्ञान को भी! उसके ही विचार व्यसनों को आकर्षित कर रहे हैं और सहज, सरल तथा शक्तिशाली जीवन को भी! इंसानी जीवन भाग्यशाली बनने में विचारों का बहुत महत्त्व है। विचारों के माध्यम से ही आप जीवन में सब कुछ पा सकते हैं, यहाँ तक कि आत्मसाक्षात्कार भी! विचारों का यह महत्त्व आपके जीवन का आधार बने ताकि आप सकारात्मक विचारों के साथ निरंतर आगे बढ़ते रहें।

ध्यान रहे, केवल विशिष्ट आसन, मुद्रा, भाव और शब्दों के साथ की गई प्रार्थना है, ऐसा नहीं है। यह जानकारी न होने की वजह से इंसान हर रोज़ लगातार नकारात्मक सोचता रहता है। दिन के अंत में किसी घटना के बारे में एक इंसान का नकारात्मक और सकारात्मक विचारों में से जो विचार ज़्यादा प्रबल होता है, वही सच्ची प्रार्थना बनकर उसके जीवन में प्रकट होता है। इसलिए हर मज़हब में प्रार्थना करते वक्त सकारात्मक विचार तथा भावनाएँ रखने के लिए कहा जाता है।

प्रार्थना बने शुभेच्छा

हर प्रार्थना का जवाब अलग होता है क्योंकि हर प्रार्थना के साथ अलग तरह का बल तैयार होता है। जब इंसान प्रार्थना में सत्य की तथा तेज भाग्यशाली, भाग्य-दुर्भाग्य से मुक्त बनने की माँग करता है तब वह प्रार्थना शुभेच्छा बन जाती है। लगातार प्रार्थना से उसकी शुभेच्छा में बल आता है और वह सत्य की राह तक पहुँच जाता है। यह बल निरंतर रहा तो इंसान की स्टैबिलाइजेशन (उच्चतम चेतना) में स्थापना होती है। अगर बल समाप्त हो गया तो इंसान सत्य के मार्ग से भटक जाता

है। ऐसे में प्रार्थना, ध्यान, सत्य का श्रवण और शुभेच्छा मंद या बंद हो जाती है।

शुभेच्छा यानी सभी इच्छाओं से परे आसक्ति तोड़नेवाली अंतिम इच्छा। इंसान को जब इच्छा से आसक्ति हो जाती है तब इच्छा पूरी हुई तो अहंकार (मैंने किया का भाव) बढ़ता है और इच्छा पूरी नहीं हुई तो दुःख, क्रोध, निराशा जाग्रत होती है। इसलिए शुभेच्छा का जगना ज़रूरी है। आपके अंदर सत्य जानने की शुभेच्छा जगी है तो आपकी शुभेच्छा को बल मिले। भाग्य से मुक्त होकर भाग्यशाली बनने की इच्छा होना, यह शुभेच्छा का ही एक हिस्सा है।

जीवन में आप आज़ादी पाना चाहते हैं तो आपकी इस इच्छा को भी बल मिले। यहाँ पर आज़ादी का अर्थ है, गलत आदतों, वृत्तियों से आज़ादी। रोज़मर्रा के कार्यों में आपमें कई वृत्तियाँ तैयार होती रहती हैं। उनके साथ उत्पन्न हुए अलग-अलग तरह के विकार, मान्यताएँ, बेहोशी और अज्ञान से भी आज़ादी मिलनी ज़रूरी है। जब आपको आज़ादी से प्रेम हो जाता है तब वह शुभेच्छा बनती है।

शुभेच्छा से शुरुआत करने के बाद आपको पता चलता है कि 'मैंने प्रार्थना में सब करके देखा, फिर भी कार्य नहीं हो रहा है।' ऐसे में आप असहाय महसूस करते हैं। उस असहाय अवस्था में आपके अंदर से पुकार उठती है कि 'बस! बहुत हो गया, अब मुझे मुक्ति मिल जाए।' यह हृदय (तेजस्थान) से उठी माँग 'प्रार्थना' है, जो पहले होंठों से उठती है, फिर गले से उतरती है। अर्थात प्रार्थना जब अंतर्मन से, हृदय से उठती है और इंसान का अहंकार समर्पित होता है तभी उसके जीवन में रूपांतरण होता है।

पानी का रूपांतरण होता है तो वह भाप बन जाती है। जब पानी को ९० डिग्री तक गरम किया जाता है तो वह भाप नहीं बनता बल्कि १०० डिग्री तपाया जाता है तभी भाफ बनती है। पानी को १०० डिग्री तक तपाने के लिए उसे बल देना पड़ता है। प्रार्थना के साथ भी यही नियम लागू होता है। इसलिए बीच-बीच में अपनी प्रार्थना को दोहराकर, उसे बल देते रहें।

मानो, बच्चे खेलते हुए रास्ते पर कोई चक्का गोल चलाकर उसके साथ दौड़ते हैं तब वे बीच-बीच में उस चक्के पर हाथ घूमाते रहते हैं ताकि चक्का चलता रहे। आप भी अपनी प्रार्थना को बीच-बीच में स्पर्श करें (दोहराया करें) ताकि उसके

साथ निर्माण हुआ बल बना रहे।

जीवन में प्रार्थना करना हर इंसान के लिए संभव है। हर शारीरिक तथा मानसिक पीड़ा के बावजूद भी प्रार्थना की जा सकती है। प्रार्थना का मार्ग अपनाना हर इंसान के लिए संभव है। आवश्यकता है केवल प्रार्थना की समझ में खोई हुई कड़ियाँ (Missing Links) जोड़ने की। जब आप किस्मत बदलने के लिए प्रार्थना करना शुरू करेंगे तब प्रार्थना की पूर्ण समझ आपको हमेशा सकारात्मक रूप से आगे बढ़ाती रहेगी।

मानो, दुर्भाग्य से मुक्त होने की प्रार्थना करने के बाद भी आपके जीवन में कुछ नकारात्मक हो रहा हो। तब भी अपने विचार सकारात्मक रखकर, प्रार्थना जारी रखें। पुस्तक के आगे के अध्यायों में आप इस पर और गहराई से समझ प्राप्त करनेवाले हैं।

◆ ◆ ◆

जन्म कुंडली में सिर्फ प्रवृत्तियाँ होती हैं, जो हकीकत बन सकती हैं,
यदि वह व्यक्ति उन्हें बदलने के लिए कुछ न करे।

-इजाबेल हिकी

अध्याय
7

संपूर्ण प्रार्थना के चार मुख्य कदम

हेल्प गॉड टू हेल्प यू

यह सोचना गलत है कि दुर्भाग्य पूर्व से आते हैं या पश्चिम से आते हैं।
वे तो अपने ही मन में जन्म लेते हैं। इसलिए अपने मन को
अनियंत्रित छोड़ देना और बाहर के दुर्भाग्यों से रक्षा करना मूर्खता है।

\- बुद्ध

बचपन से हर इंसान को प्रार्थना करना सिखाया जाता है। हर धर्म तथा मज़हब में प्रार्थना का महत्त्व बताया जाता है। बहुत सारे लोग रोज़ निरंतरता से प्रार्थना करते भी हैं। किंतु उनमें से बहुत कम लोग जानते हैं कि उनकी प्रार्थना का ईश्वर द्वारा जवाब भी आता है। संपूर्ण प्रार्थना में ईश्वर द्वारा आया हुआ जवाब या कहें ईश्वरीय संकेत भी शामिल होता है। मगर ईश्वरीय संकेत की जानकारी न होने की वजह से कई लोग प्रार्थना अधूरी छोड़ देते हैं या प्रार्थना करना बंद कर, भाग्य को कोसते हैं, भाग्य का रोना रोते हैं। इसके लिए आवश्यक है कि आप प्रार्थना में ईश्वरीय संकेत का महत्त्व समझें।

संपूर्ण प्रार्थना में ईश्वरीय संकेत समझने के लिए कहें, **'हेल्प गॉड टू हेल्प यू'** या कहें, **'ईश्वर को आपकी मदद करने के लिए मदद करें।'** इसका अर्थ है प्रार्थना करने के बाद जो ईश्वरीय संकेत मिलेंगे, उन पर कार्य करने की कला आपको सीखनी है। अगर ईश्वरीय संकेतों के अनुसार कार्य किया तो आपने ईश्वर को अपनी मदद करने के लिए मदद की। वरना अकसर लोग यह गलती करते हैं कि प्रार्थना करने

के बाद नकारात्मक सोचते हैं इसलिए उनकी प्रार्थनाएँ अधूरी रह जाती हैं। मानो, किसी ने प्रार्थना की 'मुझे फलाँ-फलाँ कंपनी में जॉब मिल जाए' और दूसरे ही पल सोचे, 'पता नहीं इतनी बड़ी कंपनी है, कितने लोगों ने अर्जी की होगी... इतने माहिर लोगों में मेरा चुनाव होगा या नहीं...?' ऐसा करके इंसान दोहरी प्रार्थना करता है। जबकि समझ यह हो यदि आपने प्रार्थना की है तो अब ज़रा रुकें... शांत रहें, धीरज रखें। यह हुआ आपकी ओर से ईश्वर को मदद करना।

वरना यह बिलकुल ऐसे हुआ जैसे कोई मरीज़ डॉक्टर के पास जाए और अपनी बीमारी छिपाकर, घुमाकर डॉक्टर को बताए तो आप जानते हैं क्या होगा। डॉक्टर उस मरीज़ की सही तरीके से मदद नहीं कर पाएगा। डॉक्टर की मदद पाने के लिए मरीज़ का डॉक्टर को सही जानकारी देना बहुत आवश्यक है। यही बात इंसान और ईश्वर के बीच प्रार्थना के दौरान होती है।

इंसान प्रार्थना के दौरान अपनी माँग पूर्ण रूप से ईश्वर के सामने नहीं रख पाता। अगर प्रार्थना के बाद उसके विचारों के अनुसार नकारात्मक घटना हुई तो वह घटना ईश्वरीय संकेत है, यह इंसान कभी समझ नहीं पाता। एक बार उसके मन ने ठान लिया कि उसके जीवन में नकारात्मक घटनाएँ हो रही हैं तो वह अपने नकारात्मक विचारों से बाहर ही नहीं आ पाता। ऐसी अवस्था में बेचैन मन के साथ इंसान अपने दुर्भाग्य को कोसता है और प्रार्थना करना ही बंद कर देता है।

आपके अंदर यदि दुर्भाग्य का विचार है तो प्रार्थना करने के बाद सबसे पहले अपने दुर्भाग्य को कोसना बंद कर दें। यकीन मानें आप ज़िंदा हैं, यही आपका पहला भाग्य है। आगे आपको जीवन में जो चाहिए वह पाने के लिए खूबसूरत ईश्वरीय व्यवस्था की गई है। इस व्यवस्था के तहत संपूर्ण प्रार्थना के चार मुख्य कदम जानें। जो इस प्रकार हैं-

१) ईश्वर से प्रार्थना करें (Ask)
२) जाग्रत होकर प्रार्थना के बाद आनेवाले ईश्वरीय संकेत पहचानें (Aware)
३) ईश्वरीय संकेतों के अनुसार कार्य करें (Act)
४) कार्य पूर्ण होने के बाद उसका विश्लेषण करें (Analysis)

आइए, अब इन्हें विस्तार से समझते है-

१) ईश्वर से प्रार्थना (Ask)

प्रार्थना का पहला और मुख्य कदम है ईश्वर से सवाल पूछना। प्रार्थना करने में कभी आनाकानी न करें। जब आप पूरी ईमानदारी से ईश्वर के सामने अपनी माँग रख पाएँगे तभी जीवन में आगे बढ़ पाएँगे। कई लोग निरंतरता से प्रार्थना तो करते हैं मगर प्रार्थना के दरमियान ईश्वर से कैसे वार्तालाप करें, इस बात का उन्हें हमेशा संदेह होता है। वे लोग समझें कि ईश्वर के सामने स्पष्ट रूप में अगर आप दुर्भाग्य से मुक्ति के लिए प्रार्थना कर पाएँ तो उसका सकारात्मक परिणाम तुरंत आना शुरू हो जाएगा।

प्रार्थना में कौन से शब्दों का चुनाव करना है, यह आप तय कर सकते हैं मगर प्रार्थना के दौरान और उसके बाद आपके भाव सकारात्मक हो, इसका पूरा खयाल रखें। ईमानदारी और सकारात्मकता से की गई प्रार्थना का फल ज़रूर आता है। आपके अंदर चल रहा हर विचार आप ईश्वर के सामने प्रार्थना के रूप में रख सकते हैं। रोज़ प्रार्थना करने से, प्रार्थना के दरमियान कौन से शब्दों का प्रयोग करना है, यह ताल-मेल आप सहजता से बिठा पाएँगे।

२) जाग्रति में ईश्वरीय संकेतों की पहचान (Aware)

सभी लोग प्रार्थना में ईश्वर से सवाल ज़रूर पूछते हैं मगर उसके बाद क्या करना है, यह उन्हें पता नहीं होता। आज आपको प्रार्थना पूर्ण होने की ईश्वरीय पद्धति सीखनी है। इसके अनुसार दूसरे कदम पर आपको प्रार्थना किस तरह पूरी हो सकती है, इसका संकेत दिया जाता है। आपको ईश्वरीय संकेत पहचानने और उस पर कार्य करने की कला सीखनी है।

जैसे, एक इंसान को खाने में इडली चाहिए थी। इडली लेने के लिए जब वह खाने के काउंटर पर गया तब वहाँ पर लाल रंग और चौकोन आकार की इडली बनाकर रखी गई थी। मगर उसकी कल्पना में सफेद रंग और गोल आकार की इडली थी इसलिए वह काउंटर पर रखी हुई इडली पहचान नहीं पाया। बाद में उसने सामनेवाले से कहा, 'मैंने काउंटर पर देखा मगर वहाँ पर इडली नहीं थी।' इस उदाहरण से आप समझ सकते हैं कि इडली की माँग करने के बाद उस इंसान के लिए इडली की व्यवस्था थी

मगर अपनी कल्पना की वजह से वह इडली पहचान नहीं पाया।

प्रार्थना करने के बाद आपके साथ भी ऐसा होने की संभावना है कि कल्पना की वजह से आप प्रार्थना का जवाब पहचान न पाएँ। इसलिए प्रार्थना करने के बाद उसके जवाब की कल्पना में न अटकें। आपकी सोच से परे भी ईश्वरीय संकेत हो सकता है, यह समझें। इसके लिए ईश्वरीय संकेत पहचानने की कला सीखें। साथ ही साथ प्रार्थना करने के बाद आपका होश बढ़े। आप जितने ज़्यादा जाग्रत होंगे, उतनी सहजता से आए हुए जवाबों को पहचान पाएँगे। तय करें कि प्रार्थना में आए हुए जवाब आपको पहचानने हैं।

जो लोग प्रार्थना के जवाबों को पहचान नहीं पाते, वे ईश्वर को दोष देते हैं कि 'ईश्वर भेद भाव करता है, उसने मेरी प्रार्थना पूरी नहीं की। मेरा दुर्भाग्य बदलने का नाम ही नहीं ले रहा है।' प्रार्थना के पायदानों को समझते हुए याद रखें कि ईश्वर कभी भेद भाव नहीं करता। आपके अंदर यह दृढ़ता प्रकट हो कि ईश्वर के दरबार में सभी समान होते हैं। हर धर्म तथा मज़हब की भी यही सीख है। अतः अपने विचारों में परिवर्तन लाएँ और उन्हें सबसे पहले सकारात्मक बनाएँ। विचार सकारात्मक हुए तो आप सहजता से ईश्वर द्वारा दिए गए संकेत समझने की कला सीख पाएँगे। ईश्वरीय संकेत समझने के बाद उन पर स्वइच्छा से कार्य करेंगे।

३) ईश्वरीय संकेतों के अनुसार कार्य करने की कला (Act)

प्रार्थना में हर कदम पर होश का महत्त्व बताया जाता है ताकि पूर्ण ज्ञान से प्रार्थना का पूरा लाभ मिले। जब आप ईश्वर द्वारा आए हुए संकेतों को पहचानकर कार्य करेंगे तभी आपकी प्रार्थना में पूर्णता आएगी। इसके विपरीत अगर आप संकेत पहचानने में चुक गए तो आपको प्रार्थना करने के बाद भी उसका पूरा लाभ नहीं मिल पाएगा।

जैसे, एक इंसान के घर में आग लगी थी मगर वह शांत बैठा था। आस-पास के बाकी लोग आग बुझाने के लिए उसके घर पर पानी डाल रहे थे पर वह बैठा रहा। लोगों ने उससे पूछा, 'आप कुछ करते क्यों नहीं हैं?' तब उसने कहा, 'मैंने कुछ किया है, मैंने ईश्वर से प्रार्थना की है कि बारिश हो जाए।' अब उस इंसान को यह समझ में नहीं आ रहा है कि

उसकी प्रार्थना के बाद लोगों का उसके घर पर पानी डालना, यह ईश्वरीय संकेत ही तो था। ईश्वर द्वारा संकेत आया था कि वह भी लोगों के साथ पानी डालना शुरू करे ताकि आग जल्द बुझने में मदद हो। किंतु वह इंसान अपना संकेत पहचान नहीं पाया इसलिए बेहोशी में बैठा रहा।

इस उदाहरण की तरह अनेक लोग प्रार्थना करने के बाद कार्य न करके, अधूरे ज्ञान में फँस जाते हैं। उस इंसान ने प्रार्थना करने का पहला कदम उठाया मगर वह ईश्वरीय संकेत पहचान नहीं पाया इसलिए वह कार्य करने का तीसरा कदम उठा नहीं पाया। इसके लिए संपूर्ण प्रार्थना के सारे पायदान पूरी तरह से समझना बहुत ज़रूरी है। प्रार्थना के बाद मिले हुए ईश्वरीय संकेत पर याद से कार्य करें ताकि आप संपूर्ण प्रार्थना का लाभ लेकर जल्द से जल्द दुर्भाग्य से मुक्त हो जाएँ।

४) कार्य पूर्ण होने के बाद उसका विश्लेषण (Analysis)

जिस कार्य के लिए आपने प्रार्थना की है, वह कार्य पूर्ण होने के बाद प्रार्थना के सारे पायदानों का विश्लेषण करना भी बेहद ज़रूरी है। कई बार कार्य पूर्ण होने के बाद हम अपनी प्रार्थना और उसके परिणाम के बारे में भूल जाते हैं या आगे बढ़ जाते हैं। अगर आपने विश्लेषण करने की कला सीख ली तो आप हर घटना से प्रतीत हो रहा ईश्वरीय संकेत पकड़ने में माहिर हो जाएँगे। आइए, एक और उदाहरण से इसे विस्तार से समझते हैं।

एक समस्या से घिरे इंसान ने ईश्वर से प्रार्थना की। उसके बाद उसके किसी दोस्त ने उसे संदेश दिया कि 'आप फलाँ सत्य शिविर करें ताकि आपकी सारी समस्याएँ सुलझ जाए।' जो इंसान जाग्रत होगा, उसे समझ में आएगा कि शिविर का संदेश उसकी प्रार्थना का जवाब है। आगे जब इंसान वह शिविर करेगा तब उसे प्रार्थना की पूर्णता का एहसास होगा।

इस उदाहरण का तात्पर्य यही है कि संकेत पहचानने की कला सीखने के बाद आप देखेंगे कि आपकी प्रार्थनाएँ जल्दी पूरी होंगी। प्रार्थना, उसका संकेत और उसके अनुसार क्रिया करने के बाद आप अंत में उसका विश्लेषण भी करेंगे कि आपका निर्णय सही सिद्ध हुआ या नहीं।

जैसे शिविर पूरा करने के बाद जब आप विश्लेषण करेंगे कि शिविर में शामिल होने का आपका निर्णय सही सिद्ध हुआ तब आप समझ पाएँगे कि शिविर की वजह से आपकी प्रार्थना पूरी हुई। शिविर का पूर्ण लाभ लेने के बाद आप स्वयं महसूस कर पाएँगे कि शिविर में जाना सबसे उत्तम निर्णय था। विश्लेषण की आदत से आप ईश्वरीय संकेत और आसानी से पकड़ पाएँगे।

संपूर्ण प्रार्थना के चार मुख्य कदमों की समझ आपको नए ढंग से प्रार्थना को समझने में मदद करेगी। इससे आप लोकमत और स्वमत से आगे बढ़ पाएँगे और आपके लिए ईशमत क्या है, यह आसानी से समझ पाएँगे। आपको केवल अपना साहस बढ़ाना है ताकि आप ईशमत के अनुसार जीवन में निर्णय ले पाएँ। प्रार्थना में स्पष्टता और साहस की माँग आपको अपनी किस्मत का चुनाव करने के मार्ग पर और आगे बढ़ा सकती है।

ईश्वरीय संकेत पकड़ना, दुर्भाग्य से मुक्ति के पथ पर चलनेवाले इंसान के लिए बहुत आनंद की यात्रा है। वह संपूर्ण प्रार्थना के साथ दुर्भाग्य के विचार से जुड़ी नकारात्मक भावना से मुक्त होकर ईश्वरीय संकेत समझने की सकारात्मक यात्रा शुरू करता है। जब उसकी भावना और विचार सकारात्मक होते हैं तब उसका भाग्य और तेज़ हो जाता है। जब वह विश्लेषण करता है कि उसे संकेत समझ में आ रहे हैं तब उसकी चेतना का स्तर और बढ़ता है। चेतना का स्तर बढ़ने के बाद उसकी प्रार्थना में स्वतः ही परिवर्तन होता है। ऐसा इंसान होश में अपने विश्लेषण के अनुसार उच्चतम की माँग करने लगता है।

◆ ◆ ◆

आध्यात्मिकता को स्वीकार करने से पहले ज्योतिष शेर जितना बलशाली होता है। लेकिन जब इंसान गहरे आध्यात्मिक जीवन में प्रवेश कर लेता है तो ज्योतिष छोटी सी घरेलू बिल्ली बन जाता है।

-श्री चिन्मय

अध्याय 8

प्रार्थना का रहस्य

जादूगर के करतब

दुर्भाग्य स्वर्ग से भेजा गया नैतिक टॉनिक है।
-लेडी मार्गरीट गार्डिनर ब्लेसिंगटन

कुदरत ने हर समस्या आने से पहले इंसान को दिया हुआ समाधान है- 'प्रार्थना।' इसे ऐसे समझें जैसे कोई दोस्त आपसे १० रुपए माँगे और उसी वक्त दूसरा इंसान पीछे से आपकी जेब में १० रुपए का नोट डाल दे। आपको मालूम नहीं है कि आपकी जेब में १० रुपए डाले गए हैं इसलिए आप दोस्त से कहते हैं, 'मेरे पास पैसे नहीं हैं।' मगर जब आप जेब में हाथ डालकर टटोलेंगे तब आपको भी आश्चर्य होगा कि आपके जेब में १० रुपए का नोट है।

कहने का अर्थ, जो इंसान विकास पथ पर आगे बढ़ना चाहता है, उसके लिए प्रार्थना वह १० रुपए का नोट है, जो ईश्वर ने उसे पहले ही दिया है। अब समय आया है प्रार्थना की समझ का जीवन में उच्चतम उपयोग करके अपनी किस्मत बदलने का।

प्रार्थना के द्वारा ब्रह्मांड का हर रहस्य समझा जा सकता है। इंसान को प्रार्थना की शक्ति दी गई है ताकि वह दुर्भाग्य से मुक्त होकर, जीवन में विकास कर पाए। आइए, एक सटीक उदाहरण द्वारा प्रार्थना का रहस्य समझते हैं-

एक दिन पिताजी बच्चे से कहते हैं, 'बेटा, अगर तुम्हें पेन्सिल चाहिए तो तुम प्रार्थना करो।' पिताजी की बात मानकर बेटा पेन्सिल के लिए प्रार्थना करता है। हकीकत में पिताजी पेन्सिल ले आते हैं मगर बेटे को देने से पहले वे जान-बूझकर उससे प्रार्थना करवाते हैं ताकि उसमें प्रार्थना की आदत विकसित हो। बच्चे की प्रार्थना के बाद पिताजी रात को चुपके से उसके तकिए के नीचे पेन्सिल रख देते हैं। सुबह पेन्सिल मिलने के बाद बच्चा बहुत खुश होता है। इस तरह कोई भी वस्तु पाने के लिए बच्चे में धीरे-धीरे प्रार्थना करने की आदत विकसित होने लगती है। वह किसी दिन शार्पनर माँगता है तो किसी दिन कोई और वस्तु। हर बार प्रार्थना करने के बाद वस्तुएँ मिलने पर बच्चे का प्रार्थना में विश्वास और भी बढ़ जाता है।

बच्चे के थोड़ा बड़े पर एक दिन पिताजी उससे कहते हैं, 'बेटा, आज तुम कैल्कुलेटर के लिए प्रार्थना करो।' बेटा पिताजी के कहे अनुसार उस दिन कैल्कुलेटर के लिए प्रार्थना करना तय करता है। किंतु प्रार्थना से पहले उसे याद आता है कि आज पिताजी के शर्ट की ऊपरी जेब में कैल्कुलेटर जैसा कुछ था। तब उसके मन में शंका आती है कि 'कहीं ईश्वर से माँगी हुई सारी वस्तुएँ मुझे पिताजी तो नहीं दे रहे हैं?' इस कारण वह उस दिन प्रार्थना नहीं करता। फिर भी दूसरे दिन उसे अपने सिरहाने कैल्कुलेटर मिलता है। तब उसे विश्वास होता है कि ये सब तो पिताजी ही कर रहे हैं। उस दिन वह आनंदित होकर पिताजी से कहता है, 'मैंने आज आपको पकड़ लिया। मैं रहस्य जान गया कि आप ही मुझसे प्रार्थना करवाते हैं और आप ही उसे पूरी भी करते हैं।'

हकीकत में बेटे को अब तक पूरा रहस्य समझ में नहीं आया है। कुछ दिनों बाद उसे एक और रहस्य पता चलता है कि पिताजी चाहते थे बेटा उनकी ट्रिक समझे इसलिए उन्होंने उस दिन जान-बूझकर शर्ट की ऊपरी जेब में कैल्कुलेटर रखा था। वरना बेटा पिताजी को कभी पकड़ नहीं पाता।

इंसान से प्रार्थना कैसे और क्यों करवाई जाती है, इसका सार इस कहानी द्वारा प्रकट होता है। जब इंसान का अहंकार समाप्त होता है तब उसे समझ प्राप्त होती है कि 'मुझसे प्रार्थना करवाई जा रही है, प्रार्थना का ज्ञान मुझे दिलाया जा रहा है। प्रार्थना का हर रहस्य मेरे सामने प्रकट करवाया जा रहा है।' इस समझ के साथ इंसान

का 'मैंने किया' का कर्ता भाव धीरे-धीरे विलीन होने लगता है।

निरंतरता के साथ प्रार्थना करने के बाद इंसान को धीरे-धीरे सत्य की समझ प्राप्त होती है। चेतना का स्तर बढ़ने लगता है। साथ ही यह भी ज्ञात होता है कि ईश्वर की इच्छा के बगैर इंसान जीवन का कोई भी रहस्य नहीं जान सकता। जादूगर जब चाहता है कि देखनेवाला उसकी ट्रिक पकड़े तब वह उसी तरह से अपने करतब दिखाता है। मगर देखनेवाले को लगता है कि आज जादूगर के करतब उन्होंने पकड़े, जबकि हकीकत में यह जादूगर की ही इच्छा होती है कि लोग उसकी ट्रिक पकड़ें।

ईश्वर, ब्रह्मांड का सबसे महान जादूगर है। उसकी जादू को 'लीला' भी कहा जाता है। उसी लीला की वजह से पृथ्वी पर कुछ लोगों के अंदर 'मैं कौन हूँ?' यह सवाल उठता है। इस सवाल को लेकर जब इंसान खोज करता है तब शुरुआत में उसे लगता है, 'मैं खोज कर रहा हूँ, मैंने इतने सत्संग सुने, मैं सालों से तप कर रहा हूँ।' फिर धीरे-धीरे इंसान का अहंकार समर्पित होकर, वह प्रार्थना करना सीखता है। साथ ही उसे विचारों का धोखा समझ में आता है।

इसे दूसरों शब्दों में यू समझा जाएगा- सत्य प्राप्ति के बाद भगवान बुद्ध ध्यान में, भगवान महावीर तप में, मीराबाई नृत्य में और संत कबीर दोहों में अपनी अभिव्यक्ति करते रहे। लोग बाहर से इन सभी की अभिव्यक्ति देखकर गलत मान्यता बना लेते हैं कि इन सभी को अलग-अलग ज्ञान मिला, जैसे भगवान बुद्ध को निर्वाण का ज्ञान, भगवान महावीर को कैवल्यज्ञान और मीराबाई को भक्ति। किंतु वास्तविकता यह नहीं है। बाहरी अभिव्यक्ति अलग होने के बावजूद भी इन सभी को एक ही ज्ञान मिला। ब्रह्मांड में एक ही सत्य है और वही इन सभी में प्रकट हुआ। उसी सत्य की प्राप्ति और उसमें स्थिरता का पहला कदम है - 'प्रार्थना।'

दुर्भाग्य से मुक्ति पाने के लिए और अपनी किस्मत का चुनाव करने के लिए आपको प्रार्थना करने के साथ-साथ, अपने विचार तथा दृष्टिकोण पर भी कार्य करना होगा। जब आप अपने विचारों में परिवर्तन लाएँगे तभी मुक्तिपथ पर आगे बढ़ पाएँगे।

आंतरिक शुध्दता का मार्ग- प्रार्थना

दुर्भाग्य से मुक्ति के लिए प्रार्थना करके स्वयं को माफ करें, स्वयं से प्यार करें। प्रार्थना की शुरुआत में इंसान विचलित हो सकता है, वह स्वयं को माफ नहीं करता इसलिए दूसरों को भी माफ नहीं कर पाता। लोग बचपन से कुछ गलतियाँ करते

हैं, जैसे व्यसन, कपट, अपराध आदि। कुछ लोग अपना चेहरा भी पसंद नहीं करते। ऐसे नकारात्मक विचारों में रहनेवाले इंसान को सत्य की समझ के बाद एहसास होता है कि उसकी सोच में बेहोशी और अज्ञान था।

जब आप दुर्भाग्य से मुक्ति के लिए प्रार्थना करेंगे तब आपके जीवन में हुई कुछ घटनाएँ आपको याद आ सकती हैं, जिनसे आपको आज भी तकलीफ हो रही हो। ऐसी अवस्था में शांति तथा आंतरिक आनंद के साथ स्वयं का सामना करें। स्वयं को यह विश्वास दिलाएँ कि भूलकाल राख की तरह है, जिसमें हाथ डालने से हाथ काले हो जाते हैं। ऐसी अवस्था में भूतकाल में हुई घटनाओं का स्वीकार करते हुए वर्तमान में ईशमत के अनुसार बरताव करने की ठान लें। वर्तमान में ईशमत के अनुसार जीने का निर्णय आपका आनेवाला भविष्य सँवार देगा।

ज़्यादातर जीवन में हुई घटनाओं से इंसान दुःखी होकर अपने दुर्भाग्य को कोसता है। तब उसे उदाहरण के तौर पर समझाने के लिए कहा जाता है, 'आपको किसी इंसान ने १० साल पहले थप्पड़ मारी थी। उस वक्त आपको तकलीफ हुई। किंतु जब आप रोज़ उस विषय पर सोचते हैं तब आप खुद रोज़ थप्पड़ मारने की तकलीफ स्वयं को देते हैं। उसने भी आपको तकलीफ दी और आप भी स्वयं को तकलीफ दे रहे हैं। हकीकत में थप्पड़ मारकर सामनेवाले इंसान ने आपको केवल एक ही बार तकलीफ दी। मगर उस घटना के बारे में रोज़ सोचकर आप स्वयं को १० सालों से लगातार तकलीफ दे रहे हैं। ऐसे में थप्पड़ मारनेवाला ज़्यादा अत्याचारी या आप?' अर्थात जो इंसान स्वयं को माफ नहीं कर पाता, उसे यह प्रार्थना करने के लिए कहा जाता है।

"हे ईश्वर! मुझे, मुझे माफ करने में मदद करें।
मुझे, मुझे आंतरिक रूप से साफ करने में मदद करें।
मुझे, मुझे प्यार करने में मदद करें।"

जो स्वयं से प्रेम करता है वह हमेशा जितनी भूख है, उतना ही खाना खाता है, ज़रूरत से ज़्यादा कभी नहीं खाता। जो स्वयं से प्यार नहीं करता, वह तकलीफ के बावजूद अन्न को अपने शरीर में ठूँसता रहता है। ज़्यादा खाकर उसे तकलीफ होती है मगर अगली बार फिर उसके द्वारा दोबारा वही गलती होती है। इसका अर्थ वह स्वयं से प्यार नहीं करता।

इसी तरह यदि सामनेवाले ने किसी को दुःख दिया और वह इंसान उसे मन में दोहराकर स्वयं पर अत्याचार कर रहा है तो वह स्वयं से प्रेम नहीं करता। जो स्वयं से प्यार करता है, वह सबसे पहले स्वयं पर अत्याचार करना बंद कर देता है। इसलिए दुर्भाग्य से मुक्ति पाकर अपनी किस्मत का चुनाव करने के लिए ईश्वर से माफी तथा प्रेम की प्रार्थना करने का सुझाव दिया जाता है।

सहमति का चमत्कार

जब आप जीवन में ईश्वर के द्वारा दिए हुए हर प्रसाद के साथ सहमत होते हैं तब आसानी से आगे बढ़ पाते हैं। जब आप जीवन में हो रही हर घटना को सकारात्मक रूप से स्वीकार करते हैं तब आपका भाग्य खुलने में मदद होती है। जब आप घटनाओं में दुःखी होते हैं तब आप ईश्वर के प्रसाद को अस्वीकार करके अपने दुर्भाग्य का रोना रोते हैं।

यह जीवन का नियम है कि जिन बातों को आप स्वीकार करते हैं, उन पर कार्य करना आसान होता है। इसीलिए जीवन में होनेवाली हर घटना को सकारात्मक रूप से स्वीकार करें। जीवन में जब कोई नकारात्मक घटना होती है तब आप दुःखी होकर कहते हैं, 'ऐसा नहीं होना चाहिए था, यह तो बहुत बुरा हुआ। काश! ऐसा होता तो मुझे खुशी होती।' इसका अर्थ है कि आप उस घटना को स्वीकार नहीं कर पा रहे हैं। घटना कैसी भी हो, अगर आप सहमत होंगे तो तुरंत देखेंगे कि दुःख चला गया या कम हो गया।

किसी दिन बारिश होने के बाद आपको विचार आता है कि 'आज बारिश नहीं होनी चाहिए थी' या 'कल बारिश होती तो अच्छा होता।' ऐसे में अपने आपसे तुरंत पूछना चाहिए कि 'मैंने किस सोच से अच्छा या बुरा कहा?' जैसे, इस विचार के बाद तुरंत खुद से कहें कि 'बारिश आज आ रही है क्योंकि यह आज की ज़रूरत है। अगर आज ज़रूरत नहीं होती थी तो कल हो सकती थी।' कुछ घटनाएँ होने पर अगर नकारात्मक भावना प्रकट हो तो तुरंत स्वयं को बताएँ, 'जो चल रहा है, वह बेस्ट है और ऐसा ही होना चाहिए था।'

इंसानी जीवन की सारी समस्याएँ, उसे दुःख देने के लिए नहीं दी गई हैं। वे दी गई हैं, कुछ सिखाने के लिए और ईश्वर से कैसे संपर्क बनाना है, यह बताने के लिए। वरना इंसान कभी ईश्वर (सत्य) से संपर्क नहीं कर पाता। जीवन में दुर्भाग्य के

विचार को भी इसी तरह देखे। दुर्भाग्य की वजह से आपको ईश्वर की याद आई और आपने ईश्वर से संपर्क करने की कोशिश की। इसलिए दुर्भाग्य से मुक्ति की प्रार्थना में आगे आज तक आपके जीवन में जो घटनाएँ हुई हैं, उन सभी के लिए ईश्वर को धन्यवाद दें। शुरुआत में आपको कुछ ईश्वर की इच्छा पर सहमति देना मुश्किल लग सकता है मगर जीवन में हमेशा ईश्वर पर भरोसा रखें कि आपको मुक्तिपथ पर आगे बढ़ाने के लिए ही आपके साथ हर घटना हो रही है। यह सहमति इतना बड़ा चमत्कार करेगी कि आपके जीवन में धन्यवाद के भाव बढ़ते ही जाएँगे।

प्रकृति के साथ ताल-मेल

जैसे बच्चे के पैदा होने से पहले ही उसके दूध की व्यवस्था हो जाती है, वैसे ही प्रकृति में सबके लिए, सब कुछ भरपूर है। अज्ञान और बेहोशी में इंसान नकारात्मक सोच रखता है इसलिए उसे मिलनेवाली चीज़ें रास्ते में ही रुक जाती हैं। निरंतर प्रार्थना के साथ यही रहस्य प्रकट होता है कि प्रार्थना के अनुसार इंसान की हर माँग पूरी हो रही है। प्रार्थना में इंसान प्रेम, आनंद, शांति, स्वास्थ्य, समृद्धि और दुर्भाग्य से मुक्ति की माँग कर सकता है, बशर्ते मन में शुद्धता का भाव और स्वयं से प्रेम हो। वरना नकारात्मक विचारों की वजह से अकसर इंसान अपनी ही माँग से दूर हो जाता है। प्रकृति में केवल इंसान ही एक ऐसा जीव है, जो कुदरत से अपना ताल-मेल खो बैठता है। वह आंतरिक तौर पर विचारों द्वारा प्रकृति से मिस ट्यून होता रहता है।

प्रकृति में किसी और जानवर को प्रार्थना की आवश्यकता नहीं पड़ती क्योंकि वे कुदरत के साथ ट्यून्ड हैं। उनका पूरा जीवन प्रकृति के साथ सहजता से मेल खाता है। अगर जानवर बीमार होते हैं तो उन्हें ठीक होने की प्रक्रिया पता होती है। यही वजह है कि वे स्वतः ठीक होते हैं किंतु इंसान बीमार हो तो उसे ठीक होने में समय लगता है। इसका कारण है इंसान का दिखावटी सत्य (मिथ्या, भ्रम, दिखाई देनेवाली झूठी बातों) में उलझना। वह बाकी लोगों को देखकर तुलना करता है, अनुमान लगाता है, अपने लिए क्या संभव है और क्या असंभव, यह गलत आधार पर तय करता है।

हकीकत में इंसानी जीवन के साथ ही ब्रह्मांड की सारी संभावनाएँ प्रकट हो सकती हैं। एक इंसान जानवर, मानव या भगवान बनने की पूरी संभावना रखता है।

ये सारे पर्याय केवल मनुष्य देह में ही उपलब्ध हैं। जीवन में इंसानी शरीर मिलना बहुत बड़ा मौका है, जिसके साथ हर उच्चतम संभावना प्रकट हो सकती है। इसलिए अपने दुर्भाग्य को कोसना बंद कर, जीवन में आज तक हुई कृपाओं को गिनना शुरू करें। जब आपका ध्यान ईश्वर की कृपाओं पर होगा तब जीवन की सारी समस्याएँ सहजता से स्वत: ही सुलझ जाएँगी। इसी को दुर्भाग्य से मुक्ति कहा गया है।

♦ ♦ ♦

आपके निर्णय के पलों में ही आपकी तकदीर आकार लेती है।

-एंथनी रॉबिन्स

अध्याय 9

तीन गुणों का संगम

प्रेम-विश्वास-भावना

> ज्योतिष एक भाषा है। यदि आप यह भाषा समझते हैं
> तो आकाश आपसे बात करता है।
>
> -डेन रूढयार

दुर्भाग्य से मुक्ति के पथ पर चलते हुए मन में ठान लें कि आपको पूर्ण रूप से दुर्भाग्य से मुक्त होना ही है। इस तत्परता के साथ अपने आंतरिक गुण बढ़ाने पर भी कार्य करें ताकि आप इस पर टिक पाएँ। गुण बढ़ाने का कार्य शुरुआत में बहुत बोरिंग तथा अनावश्यक महसूस हो सकता है मगर यही कार्य आपको भाग्यशाली बनाकर अपनी किस्मत बदलने के पथ पर आगे लेकर जाएगा। आइए, अब कदम दर कदम दुर्भाग्य से मुक्त होने हेतु आवश्यक गुणों को जानने का प्रयास करते हैं-

प्रेम

प्रार्थना करते समय ईश्वर के प्रति आस्था, प्रेम होना बहुत ज़रूरी है। अगर आप शिकायत भरे दिल से प्रार्थना करेंगे तो पूर्ण रूप से दुर्भाग्य से मुक्त नहीं हो पाएँगे। प्रार्थना के बाद भी अगर आपके मन में ईश्वर के प्रति कोई शिकायत या शंका हो तो तुरंत उसे सकारात्मक वाक्य में बदलें और अपने प्रेम पर कायम रहें।

इंसानों के प्रति प्रेम में आसक्ति की वजह से कई बार प्रेम का रूपांतरण द्वेष या नफरत में होता है। किंतु ईश्वर के प्रति प्रेम आपको अपने दुर्भाग्य और सारे दुर्गुणों

से मुक्ति दिलाने में पूरी मदद करेगा। उसी प्रेम की वजह से आप जीवन में हुई कृपाओं पर अपना ध्यान केंद्रित कर पाएँगे। आप महसूस कर पाएँगे कि ईश्वरीय प्रेम की वजह से आप ज़िंदा हैं।

प्रेम इंसानी जीवन का महत्वपूर्ण पहलू है। आज प्रेम की परिभाषा बहुत ही सीमित हो गई है किंतु जीवन के हर रिश्ते में सच्चा प्रेम हो सकता है। सच्चे प्रेम का उच्चतम स्वरूप है ईश्वर से प्रेम। ईश्वर के प्रति प्रेम को हमेशा बरकरार रखें या बढ़ाते रहें ताकि जीवन की कृपाएँ और गहराई से प्रतिबिंबित हों।

विश्वास

प्रार्थना में प्रेम के साथ-साथ विश्वास का भी होना ज़रूरी है। प्रेम और विश्वास साथ में हों तो आंतरिक आनंद सहजता से प्राप्त होता है। अविश्वास एक ऐसा रोग है, जो एक बार लग गया तो बार-बार तकलीफ देता है। इसलिए दुर्भाग्य से मुक्ति की प्रार्थना में विश्वास रखना सीखें कि ईश्वर आपकी हर प्रार्थना पूरी करता है। ईश्वर पर विश्वास कैसे रखा जाता है, यह आगे दी हुई एक कहानी के द्वारा समझें।

एक गाँव में काफी समय से बारिश नहीं हुई थी। वहाँ के फादर ने गाँववालों से कहा, 'कल सुबह हम सभी बारिश के लिए प्रार्थना करेंगे, उस वक्त सभी उपस्थित रहें।' फादर की सूचना अनुसार दूसरे दिन सभी प्रार्थना के लिए इकट्ठे हुए। उनमें से केवल एक लड़का प्रार्थना करने के लिए साथ में छाता लेकर आया। लड़के के हाथ में छाता देखकर फादर ने उससे पूछा, 'तुम छाता क्यों लेकर आए?' तब लड़के ने मासूमियत से जवाब दिया, 'आपने कहा, प्रार्थना करेंगे तो बारिश होगी। बारिश में वापस घर जाने के लिए छाता चाहिए न! वरना हम भीग जाएँगे।' कहानी में बच्चे के द्वारा छाता लाना प्रार्थना में विश्वास दर्शाता है।

जब आप जीवन के प्रति सकारात्मक दृष्टिकोण अपनाकर आगे बढ़ने की कोशिश करेंगे तब जीने का उत्साह बढ़ जाएगा। उत्साहित होकर आप भाग्यशाली बनने के पथ पर आ रहे ईश्वरीय संकेत सहजता से पकड़ पाएँगे। कई बार ईश्वरीय संकेत समझने के बावजूद भी केवल विश्वास न रख पाने से इंसान आए हुए संकेत पर कार्य न कर, प्रार्थना के उच्चतम फल से वंचित रह जाता है।

प्रवीण नामक इंसान अच्छी नौकरी के लिए प्रार्थना कर रहा था।

प्रार्थना के कुछ दिनों बाद बातचीत के दौरान उसके मित्र विवेक ने उसे बताया कि 'एक कंपनी में एक नौकरी उपलब्ध है, जिसके लिए दो दिनों के बाद उम्मीदवारों को बुलाया गया है।' यह खबर सुनकर प्रवीण को महसूस हुआ कि यह उसकी प्रार्थना के बाद आया हुआ ईश्वरीय संकेत है।

किंतु कुछ समय उपरांत वह सोचने लगा, 'क्या पता मैं वाकई इस नौकरी के काबिल हूँ या नहीं? मैं पूरी ज़िम्मेदारी के साथ यह नौकरी कर पाऊँगा? उस कंपनी में जाकर मुझे कुछ फायदा होगा या नहीं? वाकई यह नौकरी मेरे लिए है?' इन नकारात्मक विचारों की वजह से प्रवीण निश्चित हुए दिन पर कंपनी में गया ही नहीं। कुछ दिनों के बाद उसे पता चला कि उससे भी कम शिक्षित इंसान को वह नौकरी मिल गई। बाद में प्रवीण अपने दुर्भाग्य को कोसता रहा मगर अब पश्चताने से क्या लाभ?

तात्पर्य- केवल अविश्वास के कारण प्रवीण जैसे अनेक लोग दुर्भाग्य का रोना रोकर, जीवन में आए हुए मौके खो देते हैं। अतः हमेशा याद रखें जीवन में आगे बढ़ने के लिए विश्वास के साथ-साथ हर मौके का लाभ लेना भी सीखें।

विश्वास वह शक्ति है, जो हर चीज़ को आपके जीवन में लाने और पाने में मदद करती है। फिर वह दुर्भाग्य से मुक्ति का विचार ही क्यों न हो! जिस क्षण आप अपने भाग्य पर पूर्ण रूप से विश्वास करना सीखेंगे, उसी क्षण आपका भाग्य प्रकट होना शुरू हो जाएगा। विश्वास ब्रह्मांड की उच्च तरंगों में से एक है, जिसके साथ दुर्भाग्य भाग्य में रूपांतरित हो सकता है। इसीलिए दुर्भाग्य से मुक्त होने के लिए अपने भाग्य पर पूरा विश्वास रखें।

भाग्य पर विश्वास रखने की कला

बंजारों के एक समूह ने अपने दुर्भाग्य से भरे जीवन से परेशान होकर जब ईश्वर से विश्वास के साथ सच्चे दिल से प्रार्थना की तब क्या हुआ, इसे एक कहानी द्वारा समझें।

एक समय की बात है। बंजारों का एक समूह खानाबदोश (जिसका ठौर-ठिकाना न हो) ज़िंदगी बिताते-बिताते परेशान हो गया। हर दिन यात्रा करके पैदल चलना, एक जगह से डेरा उठाकर दूसरी जगह डेरा लगाना, इससे बंजारों को थकान होने लगी। उन्होंने सोचा, 'हममें से कुछ लोग किसी एक जगह पर लंबे समय तक

रुककर अपनी तरक्की करेंगे।'

एक बंजारे ने इस बात से सहमत होते हुए कहा, 'हम शायद इसलिए गरीब हैं क्योंकि हम यहाँ से वहाँ भटकते रहते हैं। हमारा कितना बड़ा दुर्भाग्य है कि बहुत मेहनत करने के बावजूद भी हम गरीब हैं। हमारी किस्मत ही खराब है!' दूसरे बंजारे ने कहा, 'ईश्वर हमारा ध्यान ही नहीं रखता है। वह बाकी लोगों को संसार की सभी नियामतें देता है, जबकि हमें हर रोज़ कमाकर पेट भरना पड़ता है। अगर किसी दिन हम कुछ न कमाएँ तो भूखे मर जाएँगे। पता नहीं हमें और कितने दुर्भाग्यभरे दिन देखने पड़ जाएँ।' अंतत: सभी बंजारे इस मत पर पहुँचे कि ईश्वर ने उनके साथ बड़ा अन्याय किया है, उन्हें अपने दुर्भाग्य पर बहुत अफसोस है और वे उसे बदलना चाहते हैं।

रात का वक्त था और बंजारों ने सामूहिक प्रार्थना का आयोजन किया ताकि ईश्वर से कहा जाए कि 'वह सभी बंजारों को भाग्य के पथ पर आगे बढ़ने के लिए मार्गदर्शन करके उनकी आज की अवस्था बदले।' सभी बंजारे सच्चे दिल से प्रार्थना करने लगे और जैसा सच्ची प्रार्थनाओं के साथ होता है, ईश्वर ने उनकी प्रार्थना सुन ली।

प्रार्थना के बाद बंजारों को आसमान से एक आवाज़ सुनाई दी, 'आप सब लोग यहाँ पर बिखरे जितने कंकड़ बीन सकते हैं, बीनकर अपने थैले में भर लें और थैले का मुँह बंद कर लें। कल सुबह आप सभी यहाँ से चले जाएँ और अगले डेरे पर जाकर ही अपना-अपना थैला खोलें।' बंजारों के सरदार ने पूछा, 'उससे क्या होगा?' इस पर आसमान से आनेवाली आवाज़ ने कहा, 'उससे यह होगा कि आपमें से कुछ लोग भाग्यशाली बन जाएँगे और कुछ लोग अपने दुर्भाग्य को कोसेंगे।'

इसके बाद आवाज़ बंद हो गई और बंजारे आपस में बात करने लगे। उन्हें लगा कि यह ईश्वर की आवाज़ नहीं हो सकती और उनके साथ किसी तरह का मज़ाक किया गया है। यदि यह आवाज़ ईश्वर की होती तो वह कोई अच्छी सी चीज़ देता, कंकड़-पत्थर बीनने के लिए थोड़े ही कहता।

बहरहाल, कुछ बंजारों ने कहा कि 'इसमें बुराई ही क्या है। वैसे भी हमारा दुर्भाग्य बदलने का नाम नहीं ले रहा है। अगर आवाज़ ने कहा है

कि कंकड़-पत्थर बीनकर थैले में भर लो तो वैसा करने में हर्ज ही क्या है!' इस तरह कुछ बंजारों ने अनिच्छा से कुछ कंकड़ उठाकर अपने थैले में डाल लिए। जिन्हें आवाज़ पर ज़्यादा विश्वास था, उन्होंने ज़्यादा पत्थर उठाए। जिन्हें आवाज़ पर कम विश्वास था, उन्होंने कम पत्थर उठाए। कंकड़ थैले में भरने के बाद सभी ने थैले का मुँह बंद कर दिया।

अगले दिन सुबह सभी बंजारे अगले डेरे की ओर चल दिए। जब वे दिनभर की यात्रा के बाद शाम को वहाँ पहुँचे तब उनके सरदार ने कहा, 'चलो, अब थैले खोलकर देखते हैं। उस आवाज़ ने अगले डेरे पर पहुँचने के बाद थैले खोलकर देखने के लिए कहा था। अब हम अगले डेरे पर पहुँच चुके हैं।'

सभी बंजारों ने जब अपने-अपने थैले खोलकर देखे तो उनकी आँखें आश्चर्य के मारे फटी की फटी रह गईं। उन्होंने जिन्हें कंकड़-पत्थर समझकर भरा था, वे तो हीरे थे।

ईश्वर के इशारे अनुसार थैले खोलने के बाद कुछ बंजारे इस बात पर खुश हो गए कि वे अमीर और भाग्यशाली बन गए, जबकि कुछ अपने दुर्भाग्य का रोना रोने लगे कि उन्होंने ज़्यादा कंकड़ क्यों नहीं बीने।

ऊपर बताए गए कहानी में जिन बंजारों ने ईश्वर की आवाज़ पर भरोसा किया, उन्होंने अपने साथियों की तुलना में ज़्यादा हीरे बटोरे, हालाँकि उन्हें उस वक्त यह पता नहीं था कि वे हीरे हैं। कुछ बंजारों ने ईश्वर द्वारा मिल रहे मार्गदर्शन को स्वीकार किया, जिस वजह से वे अपने जीवन को सँवार पाए।

भावना

शुद्ध भावना से की गई प्रार्थना जीवन में हमेशा सकारात्मक परिणाम ही लाती है। दुर्भाग्य से मुक्त होने की प्रार्थना में अगर आपके मन में मुक्ति की भावना होगी तो आप जल्द ही मुक्ति पथ पर आगे बढ़ेंगे। प्रार्थना के वक्त अगर आपके मन में नकारात्मक भावना होगी तो आप प्रार्थना के बावजूद नकारात्मक विचारों और घटनाओं में अटक जाएँगे। ऐसा न हो इसलिए अपना फोकस सदा मुक्ति, प्रेम, आनंद, विश्वास, शांति आदि ईश्वरीय गुणों पर रखें।

जिस क्षण आपकी भावना सकारात्मक हो जाएगी, उसी क्षण आपकी

प्रार्थना भी पूरी हो जाएगी। शुद्ध भावना से की गई प्रार्थना किस तरह ईश्वर के दरबार में दर्ज होती है, यह आगे दी हुई कहानी से समझें।

एक किसान रोज़ अपने खेत में प्रार्थनाओं की दैनिकी (जेब में रखने योग्य छोटी पुस्तिका या डायरी) से एक प्रार्थना करता था। वह पढ़ा-लिखा नहीं था, उसे प्रार्थना करना नहीं आता था। उसने आस-पासवालों से पूछकर अपनी दैनिकी के शब्द याद कर लिए थे और उन्हें पढ़कर वह रोज़ प्रार्थना करता था। एक दिन वह शहर गया। उस दिन उसके पास प्रार्थना की दैनिकी नहीं थी। जब प्रार्थना का समय हुआ तो किसान के मन में सवाल आया कि अब वह कौन सी प्रार्थना करे? उस वक्त उसने ईश्वर से प्रार्थना की- 'हे ईश्वर, आज मेरे साथ दैनिकी नहीं है इसलिए मैं वर्णमाला के सारे अक्षर जैसे क, ख, ग आदि क्रम से कहता हूँ। आज इन्हीं अक्षरों से तुम अपने लिए प्रार्थना बना लेना।'

इस प्रार्थना के बाद किसान ने पूरी वर्णमाला दिल से प्रार्थना के रूप में दोहराई। उस दिन ईश्वर ने अपने फरिश्तों से कहा, 'इस साल की सर्वोत्तम प्रार्थना आज आई है, जिसमें शब्दों के पीछे छिपी शुद्ध भावना है।'

ईश्वर के दरबार में यह भाव भी दर्ज हुआ कि दैनिकी न होने के बावजूद उस किसान ने निश्चित समय पर प्रार्थना की। वरना कुछ लोगों के पास प्रार्थना न करने के भरपूर कारण होते हैं। उदाहरण के तौर पर मेहमान का आना, घर के कामों में व्यस्त होना, थकान होना, कार्यालय में लंबे समय तक कार्य करना आदि। किंतु आप देखें सभी कारणों के बावजूद भी क्या निरंतरता से प्रार्थना की जा सकती है? आपको ईश्वर से जितना प्रेम होगा और आपकी भावना जितनी सच्ची होगी, उतने दुर्भाग्य से मुक्ति के लिए प्रार्थना करने के कारण और तरीके आप ढूँढ़ पाएँगे।

◆ ◆ ◆

भाग्य का अर्थ है एक अच्छी योजना,
जिस पर सतर्कता से अमल किया गया।

-अज्ञात

अध्याय 10

किस्मत बदलने के लिए प्रार्थना

किसान की तरह बीज बोएँ

दुर्भाग्य की ओर वैसे ही देखें, जैसे आप सफलता को देखते हैं- दहशत में न आएँ! अपना सर्वश्रेष्ठ प्रयास करें और परिणामों को भूल जाएँ।

-वाल्ट एल्स्टन

भाग्यशाली बनने का पथ जीवन का सबसे सहज, सरल और शक्तिशाली पथ है। किंतु मन की मान्यताएँ, नकारात्मक विचार और गलत भाव इंसान को इस पथ पर आगे बढ़ने से रोकते हैं, जिस कारण वह स्वयं को दुर्भाग्यशाली समझने लगता है। इस पुस्तक के साथ आपको दुर्भाग्य शब्द तथा उनसे जुड़े हर नकारात्मक विचार और भावना से मुक्त होना है। इसके लिए जीवन में सदैव सकारात्मक दृष्टिकोण रखें।

हर रोज़ जब खाली समय हो तब कुछ देर अपने गुणों पर ज़रूर मनन करें। मनन की यह आदत आपको स्वतः ही आगे ले जाएगी। वरना कई बार खाली समय में आए नकारात्मक विचार इंसान को भटका देते हैं। यहाँ तक कि वह आत्महत्या (शरीरहत्या) करने की सोचता है। इसलिए हर रोज़ अपने विचारों को जाँचकर, उन्हें सही दिशा की ओर प्रेरित करें ताकि भाग्यशाली बनने का पथ सहज, सरल और शक्तिशाली बने। इस पथ पर चलते हुए आइए, आगे दिए गए अनन्य साधारण गुणों पर कार्य करते हैं:

एकाग्रता

दुर्भाग्य से मुक्ति की प्रार्थना करते वक्त अगर आपको अन्य विचार सताए तो उस प्रार्थना की तीव्रता और बल कम हो जाता है इसलिए हमेशा एकाग्रचित्त होकर प्रार्थना करें। प्रार्थना के दौरान एकाग्रित होकर जब आप अपनी माँग ईश्वर के सामने रखेंगे तब प्रार्थना के बाद स्वतः ही उसके पूरी होने के सबूत आपको मिलेंगे।

एकाग्रता, केवल प्रार्थना में ही नहीं बल्कि पूरे जीवन में विकास करने के लिए आवश्यक गुण है। आप जो कार्य करना चाहते हैं, यदि वह एकाग्रता से कर पाएँ तो जल्द ही सफलता आपके कदम चूमेगी। इसके लिए प्रार्थना के अलावा भी जीवन में एकाग्रता बढ़ाने के गुण पर कार्य करें।

अपनी किस्मत बदलने के मार्ग पर एकाग्रता का गुण आपको शुरुआत से अंत तक मदद करेगा इसलिए इसे कभी अनदेखा न करें। कुछ लोग कुछ कार्य एकाग्रता के साथ करते हैं मगर कुछ कार्य लापरवाही से करते हैं। इस वजह से उनके जीवन के कुछ अंग अविकसित रह जाते हैं और वे अपनी किस्मत का चुनाव नहीं कर पाते। ऐसी अवस्था में समझें कि हर कार्य में एकाग्रता का गुण अत्यंत आवश्यक है, जिससे आप किस्मत बदलने के मार्ग पर आगे बढ़ पाएँगे।

धीरज

किसान जब खेत में बीज डालता है तब वह धीरज रखता है, न कि रोज़ डाला हुआ बीज खोदकर देखता है कि वह कितना बड़ा हुआ है। इसके विपरीत वह रोज़ उस बीज को पानी तथा खाद देकर, उसके बढ़ने का धीरज के साथ इंतज़ार करता है। सोचें, अगर किसान बोए हुए बीज को रोज़ खोदकर देखेगा तो क्या वह बीज कभी अंकुरित होगा? इसी तरह दुर्भाग्य से मुक्ति की प्रार्थना भी आपका बीज है, जिसे धीरज का खाद दें ताकि वह भरपूर फले-फूले। प्रार्थना के साथ धीरज के धनवान बनें, उसे पूरी होने में समय दें ताकि केवल दुर्भाग्य से मुक्ति की ही नहीं बल्कि आपकी सभी प्रार्थनाएँ पूरी हों।

मन की शुद्धता

आनंदित और ईश्वरीय कृपाओं से भरा हुआ जीवन जीने के लिए मन की शुद्धता अनिवार्य है। जिस क्षण आप मन की शुद्धता खो देते हैं, उस क्षण आपकी

चेतना का स्तर कम हो जाता है। ऐसे समय पर दुर्भाग्य से मुक्त होने की प्रार्थना के साथ-साथ मन की शुद्धता बढ़ाने के लिए भी प्रार्थना करें।

आज के जगत् में लोग कई बार मन की शुद्धता को पीछे रख देते हैं या उसकी आवश्यकता महसूस नहीं करते। जबकि मन की शुद्धता खोकर किए हुए किसी भी कार्य का असर अंत में बुरा और दुर्भाग्यशाली होता है। शायद तत्कालिन लाभ के लिए आप मन की शुद्धता को अनदेखा कर सकते हैं मगर उसका अनुचित असर आपके पूरे जीवन पर हो सकता है। इसलिए हमेशा बच्चे की तरह साफ और शुद्ध मन से प्रार्थना करके, उस पर कार्य करना शुरू करें।

फिर से बच्चा बनें

किस्मतवाला वह है, जो फिर से बच्चा बनने को तैयार हो जाए। बड़ा बनने के बाद फिर से बच्चा बनना, एक शुभ बात है क्योंकि वहीं से शुरुआत होती है और वहीं पर अंत है। बच्चा बनना यानी बच्चों जैसी हरकतें करना, तोतली भाषा में बात करने के लिए नहीं कहा जा रहा है। बच्चा बनना यानी बच्चे जिस अनुभव में रहते हैं, उस अनुभव में रहना। बच्चा रियलाइज्ड है, वह स्वयं को शरीर से अलग समझता है। फिर ढाई-तीन साल के बाद वह अनुभव खत्म हो जाता है क्योंकि लोग उसके शरीर की तरफ इशारा करते हैं कि 'तुमने यह किया, तुमने वह किया', जिसकी वजह से उसे पक्का होता है कि वह शरीर है।

फिर से बच्चा बनना यानी निर्दोष चित्त होना। बच्चे में अच्छा-बुरा, काला-सफेद, इस तरह की कोई बात नहीं होती, वह सिर्फ देखता है। किसी ने उससे खिलौना छीन लिया तो वह यह नहीं सोचता कि खिलौना क्यों छीना? बल्कि वह तुरंत दूसरे खिलौने से खेलने लग जाता है। कभी वह दूसरे बच्चे का गुब्बारा छीन लेता है तो उसे वह गलत कार्य नहीं लगता। बच्चे के अंदर 'यह मेरा है' का भाव नहीं रहता। उनकी स्लेट साफ, निर्मल, स्वच्छ होती है।

आपको भी बच्चों की तरह बनना है। फिर से बच्चा बनना भाग्यशाली होने की निशानी है। बच्चों को आनंद लेने की कला सिखानी नहीं पड़ती। बच्चे न तो किसी सत्संग में जाते हैं, न ही किसी क्लास में। उन्हें नींद आने के लिए कोशिश नहीं करनी पड़ती बल्कि खेलते हुए, आनंद लेते हुए वे सो जाते हैं। बच्चे चौबीस घंटे आनंद में होते हैं। वह आनंद इंसान को बड़े होने के बाद केवल गहरी नींद में

मिलता है इसलिए हर इंसान गहरी नींद में जाना चाहता है।

फिर जब बच्चा स्कूल जाने लगता है तब वह आनंद धीरे-धीरे खोने लगता है। उसे अलग-अलग मान्यताएँ दी जाती हैं, जिससे वह असली, स्थायी आनंद से दूर होते जाता है। इसलिए कहा गया फिर से बच्चा बनें और अपने मूल स्वभाव (धर्म) में स्थापित हो जाएँ।

अकसर लोग कहते हैं बच्चों की प्रार्थना ईश्वर जल्दी सुनता है। इसके पीछे कारण है उसकी मासूमियत। बच्चे के अंदर दृढ़ विश्वास होता है, जो उसकी प्रार्थना को पूरा करने में मददगार साबित होता है। बच्चों के मन की शुद्धता ऊँचाई पर होती है, वहाँ कोई दूषित विचार नहीं होता। जिन बच्चों के अंदर तोलूमन (तुलना-तोलना करनेवाला मन) तैयार नहीं हुआ है, ऐसे बच्चों की प्रार्थना जल्दी फलित होती है।

स्कूल में जानेवाले बच्चों के लिए यह नहीं कहा गया। अगर स्कूल में जानेवाले बच्चों की प्रार्थनाएँ जल्दी पूरी होतीं तो आज सब स्कूल बंद हो गए होते और सबसे ज़्यादा नुकसान शिक्षकों का हुआ होता। क्योंकि परेशानी में बच्चे अपने शिक्षकों के लिए बहुत नकारात्मक बोलते तथा सोचते रहते हैं। उनके अंदर से यही प्रार्थना निकलती है कि 'ये स्कूल, टीचर और सब मुसीबत हैं, ये सब बंद हो जाएँ।' इस तरह दुःख और अज्ञान में उठी प्रार्थना पूरी नहीं होती। जो प्रार्थनाएँ सच्चे, शुद्ध मन से, धीरज, एकाग्रता, विश्वास, प्रेम और भावना के साथ की जाती है, वे पूरी होती हैं। बच्चों की तरह आपके मन की शुद्धता भी बढ़े ताकि इसी जीवन में आप तेजभाग्यशाली बनें, जो भाग्य-दुर्भाग्य दोनों से मुक्त है।

हर रात प्रार्थना करते वक्त अपनी इच्छाओं को शब्द देने की कला सीखें। शुरुआत में ऐसा करना मुश्किल लगेगा मगर निरंतर अभ्यास से यह संभव होगा। निरंतरता से की गई प्रार्थना आगे आपके लिए अपने भाग्य की याद दिलाने का मार्ग बनेगी। आप एक समय तय करके, रोज़ उसी समय पर प्रार्थना कर सकते हैं।

विश्वशांति के लिए प्रार्थना

जब इंसान सभी का मंगल सोचता है तब उसके मन की शुद्धता बढ़ने लगती है। दुर्भाग्य से मुक्त होने की प्रार्थना करने के साथ-साथ मन की शुद्धता बढ़ाने के लिए निरंतरता से सभी के मंगल की, विश्वशांति की प्रार्थना ज़रूर करें। आज अनेक

लोग सुबह और रात ९ बजकर ९ मिनट पर विश्वशांति के लिए प्रार्थना करते हैं। इससे सामुहिक प्रार्थना का बल तैयार होता है। जिसकी शक्ति हज़ारों गुना बढ़ जाती है और वह अव्यक्तिगत प्रार्थना बन जाती है। जहाँ लोग विश्व में शांति लाने, बीमार लोगों को स्वास्थ्य मिलने तथा लोगों की समस्याएँ सुलझने के लिए प्रार्थना करते हैं।

आप भी इसमें शामिल हो सकते हैं। हर सुबह या रात को संभव हो तो दोनों समय ९ बजकर ९ मिनट पर विश्वशांति के लिए प्रार्थना कर सकते हैं। जो इस प्रकार है–

'पृथ्वी पर सफेद रोशनी (दिव्यशक्ति) आ रही है।
पृथ्वी से सुनहरी रोशनी (चेतना) उभर रही है।
विश्व से सारी नकारात्मकता दूर हो रही है।
सभी प्रेम, आनंद और शांति के लिए खिल-खुल रहे हैं।'

उस वक्त जो लोग खुश हैं, वे आगे प्रार्थना कर सकते हैं, 'सभी पर यह कृपा बरसे।' उसी समय पर जो इंसान बीमार है या खुद को दुर्भाग्यशाली समझता है, वह ग्रहणशील होकर बैठे और कहे, 'इस वक्त फैल रही सफेद रोशनी, मैं ग्रहण कर रहा हूँ। इस क्षण सभी लोगों की प्रार्थनाओं का सकारात्मक असर मेरे शारीरिक, मानसिक और आध्यामिक स्वास्थ्य पर हो रहा है। इस क्षण मैं अपने परम भाग्य की ओर बढ़ रहा/रही हूँ।'

◆ ◆ ◆

कर्म और भाग्य दोनों एक हैं- जैसे लकड़ी और कोयला। लकड़ी जलने के बाद कोयला बनती है। कर्म होने के बाद भाग्य बनता है। लकड़ी से कोयला हरदम मिल सकता है लेकिन कोयले से लकड़ी नहीं मिल सकती इसलिए लकड़ी ज़्यादा महत्वपूर्ण है, कर्म भाग्य से महान है।

-सरश्री

अध्याय 11

नकारात्मक विचार, बनें सकारात्मक

बढ़ें उच्चतम की ओर

सौभाग्य और दुर्भाग्य एक ही कुएँ की दो बाल्टियाँ हैं।
-जर्मन सूक्ति

अगर आपको जीवन में कभी अपनी प्रार्थना पूरी होते हुए न दिखाई दे तो शंका अपने विचारों पर करें, प्रार्थना पर नहीं। प्रार्थना और उसका सकारात्मक परिणाम कुदरत की बेहतरीन व्यवस्था का हिस्सा है। अगर आपको लगता है कि आपकी प्रार्थना का परिणाम जैसा आप चाहते थे, वैसा नहीं आया तो अपने विचारों को सकारात्मक दिशा में सोचने का प्रशिक्षण दें। प्रार्थना पूरी होने में कौन सी रुकावटें हैं, यह जानें। इससे आप अपने विचारों का और गहराई से दर्शन कर पाएँगे।

प्रार्थना की चार मुख्य रुकावटें हैं। आइए, कदम-दर-कदम इनके बारे में विस्तार से जानें।

मान्यता

मान्यता यानी ऐसा विचार जो आपके मन ने पकड़ लिया है किंतु वह हकीकत नहीं होता। कई बार इंसान अपने विचार सही हैं या गलत, यह जाँचना भूल जाता है। उसे लगता है कि जो उसने सोचा, वही सही है। जबकि हकीकत यह है

अपने विचारों को जाँचने की आदत से आप मान्यताओं से मुक्त हो सकते हैं। गलत मान्यताओं में फँसकर कैसे इंसान अपनी प्रार्थना को पूरा होते हुए भी नहीं समझ सकता, इसे एक कहानी द्वारा जानते हैं :

एक गाँव में एक दिन बहुत ज़ोरदार बारिश की वजह से बाढ़ आई। उस बाढ़ में सभी लोग गाँव छोड़कर जा रहे थे। केवल एक इंसान अपने घर में बैठा प्रार्थना कर रहा था। कुछ लोग रस्सी के सहारे पानी से निकल रहे थे। उन्होंने उस इंसान को भी पानी से बाहर निकलने के लिए रस्सी भेजी और कहा, 'तुम भी हमारे साथ रस्सी पकड़कर इस बाढ़ से खुद को बचा लो। तुम रस्सी पकड़कर खिड़की से बाहर आए तो बच जाओगे।' किंतु उस इंसान ने नहीं सुना और कहने लगा, 'मैंने ईश्वर से प्रार्थना की है। मेरा ईश्वर मुझे बचाने आएगा।' उसकी बातें सुनकर उसे रस्सी देनेवाले लोग खुद को बचाते हुए वहाँ से निकल गए।

कुछ समय के बाद पानी और बढ़ गया। वह इंसान घर के छत पर जाकर बैठ गया। वहाँ से कुछ लोग नाव लेकर जा रहे थे। उन्होंने देखा कि एक इंसान बाढ़ से बचने के लिए अपने घर के छत पर बैठा है और पानी धीरे-धीरे उस छत तक पहुँच रहा है। उन्होंने उस इंसान को नाव में बैठकर अपनी जान बचाने का सुझाव दिया मगर वह इंसान नहीं माना। उसने फिर से उन्हें वही जवाब दिया।

अंत में फौज के जवान हेलिकॉप्टर से उसे बचाने के लिए आए मगर उसने उनके साथ जाने से भी इनकार कर दिया। वह आखिरी दम तक यही कहता रहा कि 'मेरा भगवान मुझे बचाने ज़रूर आएगा।' अंत में छत पर बाढ़ का पानी आने से उस इंसान की डूबकर मृत्यु हो गई।

जब आगे की यात्रा में उसकी ईश्वर से मुलाकात हुई तो उसने ईश्वर से शिकायत की कि 'मैंने दिल से आपकी प्रार्थना की थी। फिर भी आपने मुझे क्यों नहीं बचाया?' भगवान ने कहा, 'मैं तीन बार तुम्हें बचाने के लिए आया मगर तुमने मेरी मदद नहीं ली।' क्यों? क्योंकि उस इंसान ने रस्सी देनेवाले, नाव में बिठानेवाले या हेलिकॉप्टर में बचाने आए हुए किसी को भी ईश्वर के रूप में नहीं पहचाना। ईश्वर के रूप के प्रति गलत मान्यता

की वजह से आखिरी में वह डूब गया। प्रार्थना के बाद ईश्वर किस तरह मदद करेगा, इसकी मान्यता आखिरी दम तक उसने सँभालकर रखी, जिस वजह से उसे लगा कि उसकी प्रार्थना पूरी नहीं हुई।

अनुमान

अकसर घटनाएँ, लोग और भविष्य के बारे में इंसान का मन जो गलत धारणाएँ बनाता है, उन्हें अनुमान कहा जाता है। अनुमान हनुमान की पूँछ की तरह लंबा होता है, जो एक बार लगना शुरू हो जाए तो रुकने का नाम ही नहीं लेता।

उदाहरण के तौर पर यदि किसी दिन परिवार के किसी सदस्य को घर आने में देर हो जाए तो मन तुरंत अनुमान लगाता है कि कहीं कुछ अनर्थ न हुआ हो... कहीं किसी से अनबन न हुई हो... कहीं ट्रॅफिक में न फँसा हो... कहीं ऐक्सीडेंट न हुआ हो। हालाँकि मन जो सोच रहा होता है, उसकी संभावना ०.००१ के बराबर होती है। फिर भी मन अनुमान लगाने से पीछे नहीं हटता, प्रतिपल अनुमान लगाता ही रहता है।

ऐसे अनुमानों से भरे मन को स्थिर रखने के लिए प्रार्थना सर्वोत्तम उपाय है। स्वयं को प्रार्थना के शब्दों से भर दें। शुरुआत में ऐसा करना कठिन लगे, फिर भी प्रार्थना पूरी होने में भरोसा रखें। तभी आप दुर्भाग्य के विचारों से आगे बढ़कर, भाग्यशाली बनने के विचारों पर स्थित होंगे। अपने विचारों को सकारात्मक दिशा देकर आप अपनी किस्मत का आसानी से चुनाव कर पाएँगे।

कल्पना

जैसे इडली की कल्पना में उलझकर एक इंसान लाल और चौकोन इडली को पहचान नहीं पाया, वैसे ही इंसान ईश्वर की अलग-अलग कल्पनाओं में फँस जाता है। उसे लगता है टी.वी. सीरियल दिखाए जानेवाले विशेष वेषभूषा और विशिष्ट आभूषण पहने हुए ईश्वर होगा। जबकि टी.वी. पर निर्देशक जैसे चाहता है, वैसी ईश्वर की प्रतिमाएँ दिखाई जाती हैं। हकीकत में निर्देशक, कैमेरामैन आदि को भी पता नहीं होता कि वास्तव में ईश्वर कैसे दिखता है। वे अपनी कल्पनाओं के अनुसार ईश्वर का रूप दिखाते हैं। कहा जाता है कि अर्जुन को दिव्य दृष्टि मिलने के बाद उसे वास्तविक ईश्वर का दर्शन हुआ था। किंतु सीरियल का निर्देशक और कैमेरामैन बिना दिव्य दृष्टि के ही अपनी कल्पना के अनुसार सभी को ईश्वर दर्शन

करवाते हैं।

टी.वी. सीरियल देखकर लोग उन्हीं कल्पनाओं और कर्मकांडों में फँस जाते हैं। अपनी कल्पनाओं के आधार पर सूरज और चाँद को माननेवाले लोग आपस में झगड़ते रहते हैं। हरेक को अपनी कल्पना के विरुद्ध कहनेवाला इंसान गलत लगता है। वास्तव में दोनों का लक्ष्य आसमान (निराकार) को देखना है। किंतु गलत धारणा में उलझकर लोग चाँद, सूरज, तारे आदि को निमित्त के रूप में देख नहीं पाते। जब इंसान चाँद या सूरज के बहाने ऊपर देखता है तब उसे आसमान का दर्शन होता है।

कल्पना, मन का एक ऐसा हथियार है, जिसके सही उपयोग से भाग्यशाली बना जा सकता है और गलत इस्तेमाल से दुर्भाग्यशाली भी।

मानो, आपकी कल्पना में ऐसा सृजनात्मक कार्य है, जिससे विश्व का मंगल होनेवाला है तो विश्वास रखें कि ईश्वर भी आपकी कल्पना के सच होने में मदद करेगा। इसके विपरीत अगर आपकी कल्पना बेलगाम, नकारात्मक और ईर्ष्या से भरी हो तो आप कल्पना से ही अपना दुर्भाग्य आकर्षित करेंगे। इसलिए अपने मन को सदा सकारात्मक, आनंदित और शुद्ध प्रेम से भरें ताकि भाग्यशाली बनने के पथ पर बिखरे हुए रुकावटों के पत्थर आपका कुछ भी बिगाड़ न पाए।

मानसिक कथाएँ

आज आप आस-पास की कई घटनाओं को अपनी कथाओं के अनुसार देखते हैं। अगर कोई इंसान कमर पर हाथ रखकर खड़ा है तो आप अपनी कथा के अनुसार सोचते हैं, 'यह बहुत अकड़ू है' मगर यह भी संभावना हो सकती है कि उसकी पैंट ढीली हो। आपको उस बात का एहसास ही नहीं होता मगर हो सकता है कि वह बेचारा कमर पर हाथ रखकर अपनी पैंट सँभाल रहा हो।

अगर कोई इंसान आपकी तरफ ध्यान नहीं देता तो आप अपनी सोच के अनुसार उसके बरताव का अर्थ लगाते हैं, कथा बनाते हैं, 'वह मेरी तरफ ध्यान नहीं देता। मेरा आदर नहीं करता।' वाकई में उस इंसान की समस्या क्या है, यह आपको नहीं पता। हकीकत वैसी ही हो, जैसी आपकी सोच हो, यह ज़रूरी नहीं।

दुर्भाग्य के साथ भी यही होता है। जिस घटना से आगे इंसान का भाग्य खुलनेवाला होता है, उसी घटना को इंसान दुर्भाग्यशाली समझकर भाग्य का रोना रोता है। किंतु अगर उस घटना में छिपा मौका ढूँढ़कर, वह आगे बढ़े तो उसे भाग्यशाली

बनने से कोई नहीं रोक सकता।

भाग्यशाली बनने के पथ पर आगे उच्चतम स्तर पर आप कथाएँ बनाना बंद कर देते हैं। उच्चतम अवस्था में जाग्रति होती है और सब कथाएँ समाप्त हो जाती हैं। एक उदाहरण से यही बात और गहराई से जानते हैं–

एक राजा की तीन रानियाँ थीं और राजा कहीं दूर यात्रा पर जा रहे थे। जाते वक्त उन्होंने सभी रानियों से उनकी चाहत पूछी। जवाब में पहली रानी ने कहा, 'मुझे नौलखा हार लाकर दें।' दूसरी रानी ने कहा, 'उस राज्य में मिलनेवाले विविध प्रकार के कपड़े लेकर आएँ।' तीसरी रानी ने कहा, 'मुझे आप ही चाहिए।' तीसरी रानी की माँग सबसे उत्तम बन गई क्योंकि उसने स्रोत से स्रोत की माँग की। स्रोत मिल गया तो बाकी सब मिलनेवाला है।

इस बात की पुष्टि आगे दिए गए उदाहरण से होती है। मानो, आपके पास अल्लादीन का चिराग है और आपसे पूछा जाए कि 'आप अल्लादीन के चिराग से क्या माँगेगे?' तो सभी को अलग-अलग विचार आएँगे... 'मैं तो यह माँगूगा... मैं वह माँगूगा... बँगला, गाड़ी, अच्छा जीवन साथी' आदि। लोग अपनी दिक्कतों को सुलझाने के लिए अलादीन से वर माँगेंगे। मगर एक इंसान कहता है, 'मैं अलादीन के चिराग से एक और अलादीन का चिराग माँगूँगा। यदि एक खो जाए या उसकी चोरी हो गई तो अपने पास अतिरिक्त चिराग होना चाहिए।' इसी तरह इंसान भी दुर्भाग्य से मुक्ति की प्रार्थना कर, ईश्वर से ईश्वर की ही माँग कर सकता है। जिसमें उसकी प्रार्थना बदलकर, कुछ इस तरह हो जाएगी–

'हे ईश्वर तुम मेरी प्रार्थना मत सुनना।
मैं प्रार्थना तो फिर भी करता रहूँगा
मगर तुम मेरी दिव्य योजना के अनुसार
मेरे लिए जो सही है, वही करना।
कृपा करके जो कृपा आप मुझ पर कर रहे हो,
कृपया उसे जारी रखना।'

इस प्रार्थना के साथ समर्पित होकर जब आप जीवन दर्शन करेंगे तब धीरे-धीरे आपके सामने जीवन की हकीकत आ जाएगी। ईश्वर के प्रति समर्पण का स्वाद बहुत सुनहरा होता है। लोगों की बातें, आपके अंदर चलनेवाले विचार, इन सभी से परे जब आप पूर्ण रूप से ईश्वर की इच्छा के आधार पर जीवन दर्शन करेंगे तब आपकी किस्मत का नया आयाम खुलेगा। इस नए आयाम के साथ किस्मत, भाग्य, दुर्भाग्य आदि शब्दों की परिभाषा आपके लिए बदल जाएगी और आप विकासपथ को महत्त्व देने लगेंगे।

❖ ❖ ❖

कमजोर लोग किस्मत पर यकीन करते हैं।
दमदार लोग कारण और परिणाम पर यकीन करते हैं।

-इमर्सन

अध्याय 12

भाग्यशाली बनकर प्रार्थना करें

धन्यवाद

हम सभी में दूसरों के दुर्भाग्य झेलने की पर्याप्त शक्ति होती है।

-ला रोशफूको

'धन्यवाद' शब्द ह्रदय का भाव नहीं, ह्रदय की पुकार है। इस प्रार्थना के लिए शब्दों की आवश्यकता नहीं है। किसी विशेष प्रकार का मंत्रोच्चारण प्रार्थना नहीं है। प्रार्थना की नहीं जाती, हो जाती है। साधारणत: लोग सोचते हैं कि किसी विशेष स्थान पर, प्रार्थना कक्ष में, किसी मंदिर में जाकर ही प्रार्थना करनी चाहिए इसलिए लोग काबा, काशी, हरिद्वार, शिर्डी, तिरुपति बालाजी, वैष्णो देवी इत्यादि स्थानों पर जाते हैं और सोचते हैं कि किसी तीर्थस्थान पर ही प्रार्थना सुनी जाती है, घर में की गई प्रार्थना ईश्वर नहीं सुनता। उन्हें लगता है कि उनका ईश्वर केवल तीर्थ स्थानों पर ही निवास करता है, उनके घरों में नहीं। किंतु यह समझें कि पूरे ब्रह्मांड में केवल ईश्वर ही है, कण-कण में ईश्वर समाया हुआ है।

आज के जगत् में लोग इस तरह की अनगिनत मान्यताएँ लेकर जी रहे हैं। कई लोग पंडित-पुरोहितों द्वारा प्रार्थना करवाते हैं, जिसके लिए उन्हें मासिक तनख्वाह भी देते हैं लेकिन प्रार्थना में केवल माँगना ही सब कुछ नहीं है बल्कि जो प्राप्त हुआ है, उसके प्रति 'धन्यवाद' देना सबसे बड़ी प्रार्थना है। आइए, परम भाग्यशाली बनने

के लिए धन्यवाद की प्रार्थना का महत्त्व आगे दी हुई कहानी द्वारा समझते हैं –

एक जादूगर अपने शरीर की मृत्यु के करीब था। मृत्यु से पहले उसने अपने बेटे को चाँदी के सिक्कों से भरा थैला दिया और कहा, 'जब इस थैले से चाँदी के सिक्के खत्म हो जाएँगे तो मैं तुम्हें एक प्रार्थना बताता हूँ, उसे दोहराने से चाँदी के सिक्के फिर से भरने लग जाएँगे।' ऐसा कहकर उसने बेटे के कान में चार शब्दों की प्रार्थना कही और वह मर गया।

पिताजी की मौत का गम होने के बावजूद बेटा चाँदी के सिक्कों से भरा थैला पाकर आनंदित हो उठा और उसे खर्च करने में लग गया। वह थैला इतना बड़ा था कि उसे खर्च करने में सालों बीत गए, इस बीच वह प्रार्थना भूल गया। जब थैला खत्म होने को आया तब उसे याद आया कि पिताजी ने उसे चार शब्दों की प्रार्थना बताई थी, जिससे थैला फिर से भरेगा। वह चार शब्दों की प्रार्थना याद करने लगा, 'अरे! वह चार शब्दों की क्या प्रार्थना थी?' उसने बहुत याद किया मगर उसे याद ही नहीं आया।

बाद में वे चार शब्द याद न होने की वजह से उसने आस-पास के लोगों से चार शब्दों की प्रार्थना के बारे में पूछना शुरू किया। सबसे पहले उसने अपने पड़ोसी से पूछा, 'क्या तुम ऐसी कोई प्रार्थना जानते हो, जिसमें चार शब्द हैं? अगर तुम मुझे उस प्रार्थना के बारे में बताओगे तो मैं तुम्हें बहुत धन-दौलत दूँगा।' पड़ोसी ने कहा, ' हाँ, एक चार शब्दों की प्रार्थना मुझे मालूम है, 'ईश्वर मेरी मदद करो।' बेटे ने सुना और उसे लगा कि ये वे शब्द नहीं थे, कुछ अलग थे। फिर भी उसने सोचा कहकर देखते हैं। उसने वे शब्द बहुत बार दोहराए, 'ईश्वर मेरी मदद करो, ईश्वर मेरी मदद करो' लेकिन चाँदी के सिक्के नहीं बढ़े तो वह बहुत दुःखी हुआ।

फिर वह एक फादर से मिला और उनसे भी उसने चार शब्दों की प्रार्थना के बारे में पूछा। फादर ने बताया, 'गॉड यू आर ग्रेट' या 'ईश्वर तुम महान हो', ये चार शब्दों की प्रार्थना हो सकती है। फादर की प्रार्थना सुनने के बाद भी बेटे का समाधान नहीं हुआ। बेटे ने कहा, 'नहीं, ये भी वे शब्द नहीं हैं, फिर भी कहकर देखता हूँ।' बेटे ने फादर की प्रार्थना दोहराई मगर

उस प्रार्थना से भी थैला नहीं भरा।

उसके बाद बेटा एक राजकीय नेता के पास गया और उसे चार शब्दों की प्रार्थना के बारे में पूछा। नेत ने प्रार्थना बताई कि 'ईश्वर को वोट दो।' यह प्रार्थना सुनकर भी बेटे ने कहा, 'नहीं, ये तो वे शब्द नहीं थे मगर फिर भी कहकर देखता हूँ।' नेता की प्रार्थना से भी चाँदी का थैला नहीं भरा। वह बहुत उदास हुआ। फिर उसने किसी पुलिसवाले से पूछा कि 'तुम शायद कुछ जानते हो, तुम बताओ' तब पुलिसवाले ने बताया, "I will give donation", 'मैं तुम्हें दान दूँगा' यह चार शब्दों की प्रार्थना हो सकती है। मगर वे शब्द सुनने के बाद बेटे को एहसास हुआ कि वे चार शब्द भी पिताजी के बताए हुए नहीं थे। उसने सभी से मिलकर देखा मगर उसे वह प्रार्थना नहीं मिली, जो पिताजी ने बताई थी।

अंत में वह उदास, दुःखी होकर घर में बैठा हुआ था तब एक भिखारी उसके दरवाज़े पर आया। भिखारी ने बेटे से कहा, 'सुबह से कुछ नहीं खाया, खाने के लिए कुछ हो तो दो।' बेटे ने बचा हुआ खाना भिखारी को दे दिया। उस भिखारी ने खाना खाकर बरतन वापस लौटाया और ईश्वर से प्रार्थना की, 'हे ईश्वर! तुम्हारा धन्यवाद!' भिखारी की प्रार्थना सुनकर बेटा अचानक चौंक पड़ा और चिल्लाया, 'अरे! यही तो वे चार शब्द थे।' बेटे ने वे शब्द दोहराने शुरू किए, 'हे ईश्वर तुम्हारा धन्यवाद'... 'हे ईश्वर तुम्हारा धन्यवाद'... और उसके सिक्के बढ़ते गए... बढ़ते गए... इस तरह उसका पूरा थैला भर गया।

इससे समझें कि जब उसने किसी की मदद की तब उसे वह मंत्र फिर से मिल गया। 'हे ईश्वर! तुम्हारा धन्यवाद।' यही उच्च प्रार्थना है क्योंकि जिस चीज़ के प्रति आप धन्यवाद देते हैं, वह चीज़ बढ़ती है। अगर पैसे के लिए धन्यवाद देते हैं तो पैसा बढ़ता है, प्रेम के लिए धन्यवाद देते हैं तो प्रेम बढ़ता है। गुरुजी के प्रति धन्यवाद के भाव निकलते हैं कि ऐसा ज्ञान सुनने तथा पढ़ने का मौका आपको प्राप्त हुआ है। बिना किसी प्रयास से दुर्भाग्य से मुक्त होकर अपनी किस्मत का चुनाव करने का ज्ञान आपके जीवन में उतर रहा है वरना ऐसे अनेक लोग हैं, जो मान्यताओं में जीते हैं और मान्यताओं में ही मरते हैं। मरते वक्त भी उन्हें सत्य का पता नहीं चलता, वे

उसी अंधेरे में जीते-मरते हैं।

सत्य के प्रति धन्यवाद उठेगा तो सत्य जीवन में उतरेगा और बढ़ेगा। कुदरत का यह नियम है कि जिस चीज़ के प्रति धन्यवाद देते हैं, वह चीज़ जीवन में बढ़ती है और यह नियम काम करता ही है। अगर आग में हाथ डालेंगे तो हाथ जलेगा ही, कोई माने या न माने। जिस चीज़ के प्रति आप धन्यवाद देते हैं, वह चीज़ बढ़ती है।

ऊपर दी गई कहानी से समझें कि 'हे ईश्वर! तुम्हारा धन्यवाद।' ये चार शब्द, शब्द नहीं प्रार्थना की शक्ति है। अगर ये चार शब्द दोहराना किसी के लिए कठिन है तो इसे तीन शब्दों में कह सकते हैं, 'ईश्वर तुम्हारा धन्यवाद।' ये तीन शब्द भी ज़्यादा लग रहे हों तो दो शब्द कहें, 'ईश्वर धन्यवाद!' और दो शब्द भी ज़्यादा लग रहे हों तो सिर्फ एक ही शब्द कह सकते हैं, 'धन्यवाद।'

एक शब्द की सबसे शक्तिशाली प्रार्थना है 'धन्यवाद।' साधारण जगत् में काम हो जाने के बाद उसका भुगतान दिया जाता है किंतु प्रार्थना में इंसान इतनी ऊँचाई तक पहुँचता है कि प्रार्थना का परिणाम देखने से पहले ही उसके पूरे होने के लिए धन्यवाद देकर ग्रहणशील हो जाता है, जिससे दुनिया की सारी सकारात्मकता उसकी तरफ आने लगती है।

धन्यवाद की प्रार्थना के बारे में जिस इंसान को ज्ञान नहीं होता, वह कहेगा, 'मैं प्रार्थना के पूरे होने से पहले कैसे धन्यवाद दूँ? मुझसे धन्यवाद निकलते ही नहीं।' तब गुरु कहते हैं, 'आज की तारीख में आपके लिए यह सही है। जैसे-जैसे आपका ज्ञान बढ़ता जाएगा, वैसे-वैसे स्वतः ही आप धन्यवाद देने लग जाएँगे। सही प्रार्थना सही समझ के साथ हो ताकि प्रार्थना में आपकी भलाई कैसे है, यह आप देख पाएँ।'

आइए, हम सब मिलकर एक साथ धन्यवाद दें उस ईश्वर को, जिसने हमें मनुष्य जन्म दिया और दी दुर्भाग्य से मुक्त होने की प्यास! ईश्वर की नियामतों के प्रति ग्रहणशील रहते हुए उनके लिए धन्यवाद देकर अपनी किस्मत का चुनाव खुद करें और सभी के लिए परम भाग्य का दरवाज़ा खोलने में मददगार रहें।

●●●

यह पुस्तक पढ़ने के बाद अपना अभिप्राय (विचारसेवा) इस पते पर भेज सकते हैं-
Tejgyan Global Foundation, Pimpri Colony Post office, P.O. Box 25, Pune - 411 017. Maharashtra (India).

परिशिष्ट

सरश्री – अल्प परिचय

(स्वीकार मंत्र मुद्रा)

सरश्री की आध्यात्मिक खोज का सफर उनके बचपन से प्रारंभ हो गया था। इस खोज के दौरान उन्होंने अनेक प्रकार की पुस्तकों का अध्ययन किया। इसके साथ ही अपने आध्यात्मिक अनुसंधान के दौरान अनेक ध्यान पद्धतियों का अभ्यास किया। उनकी इसी खोज ने उन्हें कई वैचारिक और शैक्षणिक संस्थानों की ओर बढ़ाया। इसके बावजूद भी वे अंतिम सत्य से दूर रहे।

उन्होंने अपने तत्कालीन अध्यापन कार्य को भी विराम लगाया ताकि वे अपना अधिक से अधिक समय सत्य की खोज में लगा सकें। जीवन का रहस्य समझने के लिए उन्होंने एक लंबी अवधि तक मनन करते हुए अपनी खोज जारी रखी। जिसके अंत में उन्हें आत्मबोध प्राप्त हुआ। **आत्मसाक्षात्कार के बाद उन्होंने जाना कि अध्यात्म का हर मार्ग जिस कड़ी से जुड़ा है वह है– समझ (अंडरस्टैण्डिंग)।**

सरश्री कहते हैं कि 'सत्य के सभी मार्गों की शुरुआत अलग–अलग प्रकार से होती है लेकिन सभी के अंत में एक ही समझ प्राप्त होती है। **'समझ' ही सब कुछ है और यह 'समझ' अपने आपमें पूर्ण है।** आध्यात्मिक ज्ञान प्राप्ति के लिए इस 'समझ' का श्रवण ही पर्याप्त है।'

सरश्री ने ढाई हज़ार से अधिक प्रवचन दिए हैं और सौ से अधिक पुस्तकों की रचना की हैं। ये पुस्तकें दस से अधिक भाषाओं में अनुवादित की जा चुकी हैं और प्रमुख प्रकाशकों द्वारा प्रकाशित की गई हैं, जैसे पेंगुइन बुक्स, जैको बुक्स, मंजुल पब्लिशिंग हाऊस, प्रभात प्रकाशन, राजपाल अ‍ॅण्ड सन्स, पेंटागॉन प्रेस, सकाळ पेपर्स इत्यादि।

तेजज्ञान फाउण्डेशन - परिचय

तेजज्ञान फाउण्डेशन आत्मविकास से आत्मसाक्षात्कार प्राप्त करने का एक रास्ता है। इसके लिए सरश्री द्वारा एक अनूठी बोध पद्धति (System for Wisdom) का सृजन हुआ है। इस पद्धति को अन्तर्राष्ट्रीय मानक ISO 9001:2015 के आवश्यकताओं एवं निर्देशों के अनुरूप ढालकर सरल, व्यावहारिक एवं प्रभावी बनाया गया है।

इस संस्था की बोध पद्धति के विभिन्न पहलुओं (शिक्षण, निरीक्षण व गुणवत्ता) को स्वतंत्र गुणवत्ता परीक्षकों (Quality Auditors) द्वारा क्रमबद्ध तरीके से जाँचा गया। जिसके बाद इन पहलुओं को ISO 9001:2015 के अनुरूप पाकर, इस बोध पद्धति को प्रमाणित किया गया है।

फाउण्डेशन का लक्ष्य आपको नकारात्मक विचार से सकारात्मक विचार की ओर बढ़ाना है। सकारात्मक विचार से शुभ विचार यानी हॅपी थॉट्स (विधायक आनंदपूर्ण विचार) और शुभ विचार से निर्विचार की ओर बढ़ा जा सकता है। निर्विचार से ही आत्मसाक्षात्कार संभव है। शुभ विचार (Happy Thoughts) यानी यह विचार कि 'मैं हर विचार से मुक्त हो जाऊँ।' शुभ इच्छा यानी यह इच्छा कि 'मैं हर इच्छा से मुक्त हो जाऊँ।'

ज्ञान का अर्थ है सामान्य ज्ञान लेकिन तेजज्ञान यानी वह ज्ञान जो ज्ञान व अज्ञान के परे है। कई लोग सामान्य ज्ञान की जानकारी को ही ज्ञान समझ लेते हैं लेकिन असली ज्ञान और जानकारी में बहुत अंतर है। आज लोग सामान्य ज्ञान के जवाबों को ज़्यादा महत्त्व देते हैं। उदाहरण के तौर पर कर्म और भाग्य, योग और प्राणायाम, स्वर्ग और नर्क इत्यादि। आज के युग में सामान्य ज्ञान प्रदान करनेवाले लोग और शिक्षक कई मिल जाएँगे मगर इस ज्ञान को पाकर जीवन में कोई बड़ा परिवर्तन नहीं होता। यह ज्ञान या तो केवल बुद्धि विलास है या फिर अध्यात्म के नाम पर बुद्धि का व्यायाम है।

सभी समस्याओं का समाधान है तेजज्ञान। भय से मुक्ति, चिंतारहित व क्रोध से आज़ाद जीवन है तेजज्ञान। शारीरिक, मानसिक, सामाजिक, आर्थिक और आध्यात्मिक उन्नति के लिए है तेजज्ञान। तेजज्ञान आपके अंदर है, आएँ और इसे पाएँ।

यदि आप ऐसा ज्ञान चाहते हैं, जो सामान्य ज्ञान के परे हो, जो हर समस्या का समाधान हो, जो सभी मान्यताओं से आपको मुक्त करे, जो आपको ईश्वर का साक्षात्कार कराए, जो आपको सत्य पर स्थापित करे तो समय आ गया है तेजज्ञान को जानने का। समय आ गया है शब्दोंवाले सामान्य ज्ञान से उठकर तेजज्ञान का अनुभव करने का।

महाआसमानी परम ज्ञान शिविर परिचय और लाभ (निवासी)

क्या आपको उच्चतम आनंद पाने की इच्छा है? ऐसा आनंद, जो किसी कारण पर निर्भर नहीं है, जिसमें समय के साथ केवल बढ़ोतरी ही होती है। क्या आप इसी जीवन में प्रेम, विश्वास, शांति, समृद्धि और परमसंतुष्टि पाना चाहते हैं? क्या आप शारीरिक, मानसिक, सामाजिक, आर्थिक और आध्यात्मिक इन सभी स्तरों पर सफलता हासिल करना चाहते हैं? क्या आप 'मैं कौन हूँ' इस सवाल का जवाब अनुभव से जानना चाहते हैं।

यदि आपके अंदर इन सवालों के जवाब जानने की और 'अंतिम सत्य' प्राप्त करने की प्यास जगी है तो तेजज्ञान फाउण्डेशन द्वारा आयोजित 'महाआसमानी शिविर' में आपका स्वागत है। यह शिविर पूर्णतः सरश्री की शिक्षाओं पर आधारित है। सरश्री आज के युग के आध्यात्मिक गुरु और 'तेजज्ञान फाउण्डेशन' के संस्थापक हैं, जो अत्यंत सरलता से आज की लोकभाषा में आध्यात्मिक समझ प्रदान करते हैं।

महाआसमानी शिविर का उद्देश्य :

इस शिविर का उद्देश्य है, 'विश्व का हर इंसान 'मैं कौन हूँ' इस सवाल का जवाब जानकर सर्वोच्च आनंद में स्थापित हो जाए।' उसे ऐसा ज्ञान मिले, जिससे वह हर पल वर्तमान में जीने की कला प्राप्त करे। भूतकाल का बोझ और भविष्य की चिंता इन दोनों से वह मुक्त हो जाए। हर इंसान के जीवन में स्थायी खुशी, सही समझ और समस्याओं को विलीन करने की कला आ जाए। मनुष्य जीवन का उद्देश्य पूर्ण हो।

'मैं कौन हूँ? मैं यहाँ क्यों हूँ? मोक्ष का अर्थ क्या है? क्या इसी जन्म में मोक्ष प्राप्ति संभव है?' यदि ये सवाल आपके अंदर हैं तो महाआसमानी शिविर इसका जवाब है।

महाआसमानी शिविर के मुख्य लाभ :

इस शिविर के लाभ तो अनगिनत हैं मगर कुछ मुख्य लाभ इस प्रकार हैं...

* जीवन में दमदार लक्ष्य प्राप्त होता है।
* 'मैं कौन हूँ' यह अनुभव से जानना (सेल्फ रियलाइजेशन) होता है।
* मन के सभी विकार विलीन होते हैं।
* भय, चिंता, क्रोध, बोरडम, मोह, तनाव जैसी कई नकारात्मक बातों से मुक्ति

मिलती है।
* प्रेम, आनंद, मौन, समृद्धि, संतुष्टि, विश्वास जैसे कई दिव्य गुणों से युक्ति होती है।
* सीधा, सरल और शक्तिशाली जीवन प्राप्त होता है।
* हर समस्या का समाधान प्राप्त करने की कला मिलती है।
* 'हर पल वर्तमान में जीना' यह आपका स्वभाव बन जाता है।
* आपके अंदर छिपी सभी संभावनाएँ खुल जाती हैं।
* इसी जीवन में मोक्ष (मुक्ति) प्राप्त होता है।

महाआसमानी शिविर में भाग कैसे लें?

इस शिविर में भाग लेने के लिए आपको कुछ खास माँगें पूरी करनी होती हैं। जैसे-

१) आपकी उम्र कम से कम अठारह साल या उससे ऊपर होनी चाहिए।

२) आपको सत्य स्थापना शिविर (फाउण्डेशन ट्रुथ रिट्रीट) में भाग लेना होगा, जहाँ आप सीखेंगे- वर्तमान के हर पल को कैसे जीया जाए और निर्विचार दशा में कैसे प्रवेश पाएँ।

३) आपको कुछ प्राथमिक प्रवचनों में उपस्थित होना है, जहाँ आप बुनियादी समझ आत्मसात कर, महाआसमानी शिविर के लिए तैयार होते हैं।

यह शिविर साल में पाँच या छह बार आयोजित होता है, जिसका लाभ हज़ारों खोजी उठाते हैं। इस शिविर की तैयारी आगे दिए गए स्थानों पर कराई जाती है। पुणे, मुंबई, दिल्ली, सांगली, सातारा, जलगाँव, अहमदाबाद, कोल्हापुर, नासिक, अहमदनगर, औरंगाबाद, सूरत, बरोडा, नागपुर, भोपाल, रायपुर, चेन्नई, वर्धा, अमरावती, चंद्रपुर, यवतमाल, रत्नागिरी, लातूर, बीड, नांदेड, परभणी, पनवेल, ठाणे, सोलापुर, पंढरपुर, अकोला, बुलढाणा, धुले, भुसावल, बैंगलोर, बेलगाम, धारवाड, भुवनेश्वर, कोलकत्ता, राँची, लखनऊ, कानपुर, चंदीगढ़, जयपुर, पणजी, म्हापसा, इंदौर, इटारसी, हरदा, विदिशा, बुरहानपुर।

आप महाआसमानी की तैयारी फाउण्डेशन में उपलब्ध सरश्री द्वारा रचित पुस्तकों, सी.डी. और कैसेटस् सुनकर कर सकते हैं। इसके अलावा आप टी.वी., रेडियो और यू ट्यूब पर सरश्री के प्रवचनों का लाभ भी ले सकते हैं मगर याद रहे, ये पुस्तकें, कैसेट,

टी.वी., रेडियो और यू ट्यूब के प्रवचन शिविर का परिचय मात्र है, तेजज्ञान नहीं। आप महाआसमानी शिविर में भाग लेकर ही तेजज्ञान का आनंद ले सकते हैं। आगामी महाआसमानी शिविर में अपना स्थान आरक्षित करने के लिए संपर्क करें: 09921008060, 9011013208

महाआसमानी शिविर स्थान

महाआसमानी महानिवासी शिविर 'मनन आश्रम' पर आयोजित किया जाता है। यह आश्रम पुणे शहर के बाहरी क्षेत्र में पहाड़ों और निसर्ग के असीम सौंदर्य के बीच बसा हुआ है। इस आश्रम में पुरुषों और महिलाओं के लिए अलग-अलग, कुल मिलाकर 700 से 800 लोगों के रहने की व्यवस्था है। यह आश्रम पुणे शहर से 17 किलो मीटर की दूरी पर है। हवाई अड्डा, हाइवे और रेल्वे से पुणे आसानी से आ-जा सकते हैं।

मनन आश्रम : मनन आश्रम, पुणे, सर्वे नं. ४३, सनस नगर, नांदोशी गाँव, किरकट वाडी फाटा, तहसील - हवेली, जिला : पुणे - ४११०२४. फोन : 09921008060

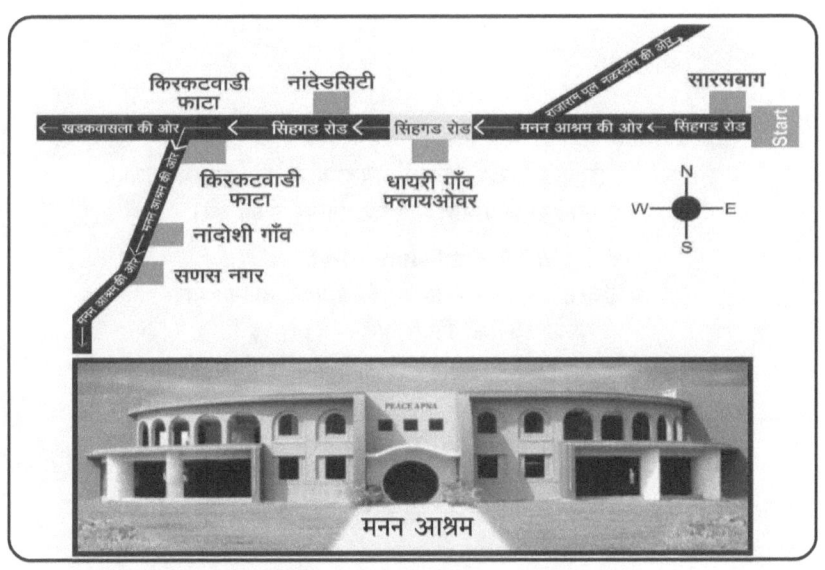

अब एक क्लिक पर ही शिविर का रजिस्ट्रेशन !

तेजज्ञान फाउण्डेशन की इन शिविरों के लिए अब आप ऑनलाईन रजिस्ट्रेशन भी कर सकते हैं-

* महाआसमानी महानिवासी शिविर (पाँच दिवसीय निवासी शिविर)
* मैजिक ऑफ अवेकनिंग (केवल अंग्रेजी भाषा जाननेवालों के लिए तीन दिवसीय निवासी शिविर)
* मिनी महाआसमानी (निवासी) शिविर, युवाओं के लिए

रजिस्ट्रेशन के लिए आज ही लॉग इन करें

   www.tejgyan.org

पुस्तकें प्राप्त करने के लिए नीचे दिए गए पते पर मनीऑर्डर द्वारा पुस्तक का मूल्य भेज सकते हैं। पुस्तकें रजिस्टर्ड, कुरियर अथवा वी.पी.पी. द्वारा भेजी जाती हैं। पुस्तकों के लिए नीचे दिए गए पते पर संपर्क करें।

WOW Publishings Pvt. Ltd.

* रजिस्टर्ड ऑफिस - E- 4, वैभव नगर, तपोवन मंदिर के नज़दीक, पिंपरी, पुणे - 411017
* पोस्ट बॉक्स नं. ३६, पिंपरी कॉलोनी पोस्ट ऑफिस, पिंपरी, पुणे - 411017   फोन नं.: 09011013210 / 9623457873

आप ऑन-लाइन शॉपिंग द्वारा भी पुस्तकों का ऑर्डर दे सकते हैं।
लॉग इन करें - www.gethappythoughts.org
300 रुपयों से अधिक पुस्तकें मँगवाने पर १०% की छूट और फ्री शिपिंग।

स्वीकार का जादू
तुरंत खुशी कैसे पाएँ

Total Pages - 135   Price - 95/- (with VCD)

Also available in Marathi & English

स्वीकार करना वह मंत्र है, जो तुरंत खुशी पाने के लिए सहायक होता है। जीवन के प्रत्येक पहलू पर स्वीकार का जादू असर करता है। सरश्री के संदेशों को समाहित करती यह पुस्तक स्वीकार के मर्म को प्रस्तुत करती है। ये संदेश हमारे तनावभरे जीवन में रोशनी के वे किरण हैं, जो ज्ञान के सूरज तक पहुँचाने में हमारी सहायता करते हैं।

पुस्तक के प्रथम खण्ड में स्वीकार से खुशी तक का मार्ग प्राप्त करने का विशेष उपाय बताया गया है। इसके साथ ही अस्वीकार को भी कैसे स्वीकार किया जा सकता है? इस पर गहन प्रकाश डाला गया है। इसके द्वारा हम अनेक समस्याओं को स्वीकार कर अपने विकास की दिशा में आगे बढ़ सकते हैं। इसके अलावा भय, बाधाओं और कुविचारों के बंधन से मुक्त होने का उपाय भी जान सकते हैं।

पुस्तक का दूसरा खण्ड सात प्रकार की खुशियों पर विस्तार पूर्वक प्रकाश डालता है। इसके माध्यम से खुशी के असली कारण का राज़ भी जाना जा सकता है। पुस्तक का अध्ययन हर वर्ग के लिए लाभप्रद है, चाहे वे गृहस्थ हों या फिर विद्यार्थी, नौकरीपेशा, व्यापारी, वृद्ध अथवा युवा। पुस्तक में आम दिनचर्या में शामिल हरेक पहलुओं और घटनाओं को शामिल किया गया है।

पुस्तक के अंत में ज्ञान और तेजज्ञान में अंतर पर विस्तार से जानकारी देकर जीवन की दशा और दिशा को सुधारने का उपाय बताया गया है।

स्वसंवाद का जादू
अपना रिमोट कंट्रोल कैसे प्राप्त करें

Total Pages - 200   Price - 150/-
Also available in Marathi & English

स्वसंवाद यानी स्वयं से बातचीत करना। जिसे एकांत में, मन में या ग्रुप में दोहराने से अप्रत्याशित परिवर्तन का आभास हो सकता है। यह तभी कारगर होता है जब व्यक्ति जीवन के रिमोट कंट्रोल द्वारा अपने मन, शरीर, बुद्धि, चेतना और लक्ष्य पर नियंत्रण रखता है। इसी विषय पर सरश्री द्वारा लिखी गई पुस्तक 'स्वसंवाद का जादू' स्वसंवाद के माध्यम से उत्तम जीवन पाने के रहस्य से परिचित कराती है।

मूलतः ५ खण्डों में विभक्त इस पुस्तक के हर एक खण्ड में अनेक रोचक कहानियों द्वारा इसके महत्त्व को गहराई से समझाया गया है। स्वसंवाद के द्वारा पाठक सुख-दुःख के रहस्य, विचारों की दिशा, स्वसंवाद संदेश, रोग निवारण, सेल्फ रिमोट कंट्रोल, कार्य की पूर्णता, नफरत से मुक्ति, उत्तम स्वसंवाद और नए विचारों को प्राप्त करने के उपाय जान सकते हैं। सरश्री कहते हैं- सकारात्मक स्वसंवाद पर विश्वास रखने से ही उत्तम जीवन जीने का पथ प्रशस्त हो सकता है। भावनाओं में भक्ति और शक्ति की युक्ति द्वारा कुदरत से सीधा संवाद स्थापित किया जा सकता है।

कुल मिलाकर यह पुस्तक स्वसंवाद की महत्ता को रेखांकित करते हुए पाठकों को नई दिशा देती है। पुस्तक में अधिकतम सरल शब्दों का ही प्रयोग हुआ है, जिससे पाठकों का हर वर्ग आसानी से शब्दों के सार ग्रहण कर लेता है। वहीं कहानियों और उदाहरणों का अनूठा प्रयोग पाठकों को आकर्षित भी करता है।

विचार नियम का मूल प्रार्थना बीज

विश्वास बीज एक अद्भुत शक्ति

Total Pages - 224   Price - 140/-

प्रार्थना में वह शक्ति निहित है, जो मनुष्य के जीवन में अद्भुत चमत्कार उत्पन्न करती है। विपरीत परिस्थितियों में प्रार्थना की ताकत डूबती नैया में पतवार का कार्य करती है, बशर्ते प्रार्थना को असरदार कैसे बनाया जाए, इसका समुचित ज्ञान उसे होना चाहिए। साथ ही विश्वास एक अहम कुंजी है, जिसके माध्यम से मनुष्य आत्मविश्वास को प्रकट रूप में खोलकर सुखी और शांत जीवन जी सकता है।

इसी विषय पर केंद्रित पुस्तक 'प्रार्थना बीज' के प्रथम खण्ड में प्रार्थना की आवश्यकताओं, उद्देश्य, बाधाओं आदि के बारे में लोक कथाओं द्वारा प्रकाश डाला गया है। साथ ही प्रार्थना को असरदार बनाने के उपायों तथा विभिन्न धर्मों और संतों की अलग-अलग प्रार्थनाओं पर व्यापक चर्चा की गई है। पुस्तक के द्वितीय खण्ड में विश्वास बीज की चर्चा उल्लेखित है। लेखक के अनुसार विश्वास का बीज बोकर मनुष्य भक्ति, शक्ति और कृपा का फल प्राप्त कर सकता है। अज्ञानता के अंधकार से घिरा मनुष्य प्रस्तुत पुस्तक द्वारा विश्वास बीज की दिखाई राह पर चलकर मुक्ति पा सकता है।

प्रभावशाली भाषा और सुबोध शब्द रचनाओं से सुसज्जित तथा प्रेरक प्रसंगों पर आधारित यह पुस्तक अद्वितीय है। प्रार्थना और विश्वास बीज द्वारा पाठकों के जीवन को सुखमय, शांतिपूर्ण और वैभवशाली बनाने में पुस्तक का उद्देश्य सफल और सार्थक है।

अवचेतन मन की शक्ति के पीछे आत्मबल

मन का प्रशिक्षण और पाँच शक्तियाँ

Total Pages - 176   Price - 100/-

अवचेतन मन किसी अजूबे से कम नहीं। उसे सही प्रशिक्षण दिया जाए तो वह आपके जीवन में अनोखे चमत्कार कर सकता है। पर क्या आप जानते हैं कि मानव जन्म का लक्ष्य है उसके भी पार जाना, आंतरिक यात्रा करना? यदि नहीं तो आपको इस पुस्तक की ज़रूरत है। यह पुस्तक अवचेतन मन की शक्तियों के साथ-साथ आपकी आगे की संभावनाओं पर भी रौशनी डालती है। इस पुस्तक में आप पढ़ेंगे-

* अवचेतन मन को प्रशिक्षित क्यों और कैसे किया जाए?
* इस मन के पार कौन सी 5 शक्तियाँ हैं, जो आत्मबल प्रदान करती हैं?
* अपने इमोशन्स को कैसे सँभाला जाए?
* अपनी ऊर्जा को एकत्रित क्यों और कैसे किया जाए?
* आत्मबल से पहाड़ जैसे लक्ष्य को कैसे हासिल किया जाए?
* आपकी सही उपस्थिति चमत्कार कैसे करे?
* फल के प्रति उदासीन रहने के क्या फायदे हैं?
* सहनशीलता, धैर्य और अनुशासन जैसे गुण स्वयं में कैसे लाएँ?
* अवचेतन मन की 7 शक्तियों का सार क्या है?

यदि आप आंतरिक यात्रा करना चाहते हैं तो यह पुस्तक आपकी कैप्टन है। इस यात्रा में आपको जिन पाँच आध्यात्मिक शक्तियों की ज़रूरत होगी, वे इस पुस्तक में दी गई हैं। इसे पढ़कर आप अवचेतन मन के पीछे छिपे आत्मबल का वरदान प्राप्त कर सकते हैं।

Free apps

U R Meditation & Tejgyan Internet Radio on all platforms like Android, iPhone, iPad and Amazon

e-magazines

'Yogya Aarogya' & 'Drushtilakshya'
emagazines available on www.magzter.com

You Tube द्वारा भी आप सरश्री के प्रवचनों का लाभ ले सकते हैं–
www.youtube.com/tejgyan

हर रविवार सुबह १०.०५ से १०.१५ रेडियो विविध भारती,
एफ. एम. पुणे पर 'तेजविकास मंत्र'

नोट : *उपरोक्त कार्यक्रमों के समय बदल सकते हैं इसलिए समय पुष्टि करें।*

तेजज्ञान इंटरनेट रेडियो

२४ घंटे और ३६५ दिन सरश्री के प्रवचन और भजनों का लाभ लें,
तेजज्ञान इंटरनेट रेडियो द्वारा देखें लिंक
http://www.tejgyan.org/internetradio.aspx

तेजज्ञान फाउण्डेशन - मुख्य शाखाएँ

पुणे (रजिस्टर्ड ऑफिस)
विक्रांत कॉम्प्लेक्स, तपोवन मंदिर के नज़दीक,
पिंपरी, पुणे-४११ ०१७.
फोन : 020-27411240, 27412576

मनन आश्रम
सर्वे नं. ४३, सनस नगर, नांदोशी गाँव,
किरकटवाडी फाटा, तहसील - हवेली,
जिला- पुणे - ४११ ०२४. फोन : 09921008060

e-books
● The Source ● Complete Meditation ● Ultimate Purpose of Success ● Enlightenment ● Inner Magic ● Celebrating Relationships ● Essence of Devotion ● Master of Siddhartha ● Self Encounter, and many more.

Also available in Hindi at www.gethappythoughts.org

e-mail
mail@tejgyan.com

website
www.tejgyan.org, www.gethappythoughts.org

- नम्र निवेदन -
विश्व शांति के लिए लाखों लोग प्रतिदिन सुबह और रात ९ बजकर ९ मिनट पर प्रार्थना करते हैं। कृपया आप भी इसमें शामिल हो जाएँ।

www.ingramcontent.com/pod-product-compliance
Lightning Source LLC
LaVergne TN
LVHW041540070526
838199LV00046B/1765
9788184155518